Le Nombre et la sirène

Un déchiffrage du *Coup de dés* de Mallarmé

数字与塞壬

解读马拉美

Quentin Meillassoux

［法］甘丹·梅亚苏 —— 著

俞俊 —— 译

长江出版传媒 | 长江文艺出版社

译者序
骰子一掷为何不会改变偶然?

俞俊

《骰子一掷不会改变偶然》（后文简称《骰子一掷》）发表于 1897 年 5 月，斯特芳·马拉美死于 1898 年 9 月。从时间上看，《骰子一掷》成为了马拉美的晚期作品。此时，马拉美早就功成名就。他出版了长诗《牧神的午后》（1876），为爱伦·坡写"墓志铭"，又向瓦格纳致敬。这些早期的作品足以为他赢得"诗歌王子"（prince des poètes）该有的显赫名声。与《牧神的午后》相比，《骰子一掷》的登场足足晚了二十年。好在评论家们喜爱作品体现的时间性，要借它来观察诗人思想上的变化。

《骰子一掷》的确有复杂的时间性。其时间性有三层含义。第一层时间性体现在，《骰子一掷》发表于马拉美逝世的前一年，评论家们在《骰子一掷》里寻找这位青年诗人的遗产，在他早期的诗歌里寻找《骰子一掷》的原型。他们在几部作品里发现了有限的线索，以诗人身份的唯一性作为证据，将它们与《骰子一掷》联系起来。他们想要证明，《骰子一掷》有一段复杂的创作历程，完全可以继承马拉美此前的文学思想。甘丹·梅亚苏也在这本书里提到了马拉美的其他作品。《骰子一掷》还有第二层时间性：《骰子一掷》是被迫获得"晚期作品"这个标签的——马拉美因喉部痉挛而死亡，此时，《骰子一掷》才刚刚发表，另外，伟大的《书》也没有完成。为此，他的作品被蒙上了一层"偶然"的阴影。如果诗人没有突然死亡，那么在《骰子一掷》之后，他可能还会写下其他作品，也许还未完成的《书》能有新的进展。从结果看，《骰子一掷》只是"偶然地"达成了"已完成"或者"未完成"的结果，又"偶然地"成为他的晚期作品。"骰子一掷不会改变偶然"，现实中的他似乎也无法摆脱偶然。正是因为他的突然死亡，《骰子一掷》获得了时间上的偶然性，一种外在的偶然性。这样的偶然性为读者们提供了一条阅读的线索，让我们认为，它必须拥有沉甸甸的意义。于是，在诗人死后，它获得了时间上的第三层意义：它是一份不断传承和延续的"文学遗产"。

《骰子一掷》的形式与内容都值得慢慢品味，或许它的确拥有沉甸甸的意义。尤其是它的形式，为后人津津乐道。马拉美是早期的象征主义诗人，《骰子一掷》已经有了图像诗的雏形。我们认为，它的形式是独一无二的，甚至符合

"图像转向"的美妙说法。文字的大小、文字的分散以及文字之间的空白都为读者创造了自由想象的空间，页面大小可能也是刻意安排的。当然，视觉效果只是《骰子一掷》吸引读者的一个原因。越是看上去神秘的东西，我们越是难以忘怀。这是读者的好奇心作祟。对于马拉美，视觉是次要的，因为文字（mot）就足以承载文本与图像的力量。莫里斯·布朗肖认为马拉美是第一位真正关注语言本身的诗人。他在《文学空间》中讨论了"马拉美的体验"，指出"被视为独立物的诗歌是自足的，是一种仅为其自己而创造的语言之物，即语言单子，除了语言的本质，没有任何的本质，无任何东西在其中得到反映"。我们可以肯定，《骰子一掷》只属于马拉美自己。从视觉上看，《骰子一掷》把文字"偶然地"洒落在页面上，用空间打乱文字原本的秩序。对马拉美而言，文字之间的空白之所以必不可少，是因为"空白是环绕四周的静寂"。马拉美用留白打断连续的文字，用文字填补这片静寂，于是，视觉上的空白转换为听觉上的静寂，破坏了文字的连续性，从而让孤独的文字铿锵有力。1898年7月，马拉美在瓦雷里面前轻声朗诵这首诗，像是喃喃自语，而瓦雷里用沉默作为回应，让朗诵行为完全等同于喃喃自语，一种能够留下阅读空间（espacement de la lecture）的喃喃自语。这或许能够解释马拉美为何看重空白的破坏力。

由于文字之间并不连续，《骰子一掷》的"意图"更加晦涩。这与马拉美的"雄心壮志"有关。罗兰·巴特的总结一针见血："马拉美的雄心壮志是把文学与关于文学的思想融合在同一个文字实体中。"虽然"意图"变得更加晦涩，但形式上的创新没有妨碍文字变成思想的实体。《骰子一掷》依然保留了文字的音乐性和多义性。至于如何认识《骰子一掷》的晦涩意图，评论家们前赴后继。越是晦涩的作品，评论家们越是乐此不疲。哲学家们也不例外，他们毫不犹疑地将一个文学问题上升为哲学问题。福柯、德勒兹、利奥塔、巴迪欧、朗西埃等人先后谈论了马拉美的文学思想，另外，有人把《骰子一掷》拿来单独分析。1992 年，安德烈·斯坦格内克（André Stanguennec）把针对《骰子一掷》的三种主流观点总结如下：一是存在主义说。萨特把马拉美视为最早的荒诞作家。二是德里达的文本论。文森·德贡布（Vincent Descombes）认为《骰子一掷》是一种自我指涉的语言游戏。三是精神分析马克思主义论。茱莉亚·克里斯蒂娃（Julia Kristeva）发现了一种"谨慎的无政府主义"，认为马拉美暗暗地对抗诗歌的规则。最后出场的梅亚苏有了新的观点，一个全新的观点。梅亚苏没有否定文字（mot）的作用，只是与《骰子一掷》拉开了距离，从远处欣赏它。他在远处看见了马拉美的矛盾性与远大志向。马拉美虽然度过了"图尔农危机"（1863—1866），但因为上帝的消失，提出了矛盾的问句："是上帝死了，还是虚无赢得了最后的胜利？"如何从一个无可挽回的败局中取得矛盾的胜利？显然，这不是任意一首诗能够实现的。梅亚苏认为，马拉美借助《骰子一掷》和诗里的"骰子一掷"实现了愿望。他将《骰子一掷》视为马拉美最颠覆、最激进、最大胆的作品:《骰子一掷》不仅是诗,也是一项行动(诗歌创作)和一场献祭仪式(献出诗歌艺术)。根据他的观点,《骰子一掷》虽然是诗,却可以因为"骰子一掷"变成"事实",就算变成"事实",这个"事实"也可能是虚构的。因此,它拥有内在的偶然性。正是这种偶然性让梅亚苏为之着迷。也正是因为这种偶然性,《骰子一掷》是独一无二的,不可替代的,不可复制的。

骰子一掷为何不会改变偶然?因为"事实"是偶然的,"骰子一掷"的结果也是偶然的。哲学家甘丹·梅亚苏在《形而上学与科学外世界的虚构》里说得再清楚不过了:"一个六面印有数字'1'到'6'的骰子可能有天偶然被无端掷出'7',或骰子干脆变成别的物体,甚至就此消失。"

引　言

　　"我希望大家不要阅读，不要浏览，甚至遗忘这些笔记的存在……"

　　　　　　　　《骰子一掷》的按语（见《大都市》版）

　　让我们直入主题。

　　本书试图揭露《骰子一掷》中的加密手法。一旦解开了这个手法，我们便有十足的把握判断诗里隐隐透露的"唯一数字"（unique Nombre）是什么。

　　我们认为：

　　（1）马拉美的诗经过了加密；

　　（2）解开密码是恰当理解《骰子一掷》的条件，因为解开密码将揭露诗歌的重要组成部分之一——"数字"（Nombre）的本质。

　　我们表达的观点一定会引发专业读者的怀疑或者讽刺。

这种反应显然是荒诞的，因为每个人都将自发地判断我们的研究是严肃的还是不够严肃的。但这种我们可能遭遇的保守态度背后存在一种更为深层的原因，它与马拉美的批评观息息相关。对此诗如数家珍的学者们一般坚信，只有粗浅的阅读才会得出《骰子一掷》里"藏有密码"的观点。雅克·朗西埃（Jacques Rancière）总结了当代多数评论家的观点："马拉美不是一位'深奥莫测'的作家，他只是一位'难以捉摸'的作家。"①这位哲学家想表达的是，我们不该把马拉美的诗歌降格为一把打开其终极意义大门的钥匙，就算这把钥匙参考了作者的生平或者继承既有的秘传知识。事实上，虽然查尔斯·毛隆（Charles Mauron）② 用精神分析法进行的解读以及查尔斯·沙塞（Charles Chassé）③ 从情色角度进行的咬文嚼字的解读曾经影响一时，但在今天多数批评家看来，它们已属陈腔滥调：他们对细节的分析已经落伍，至少他们不该系统地套用某种解读方式。从此以后，尽管人们幻想着只要解开这个可能存在的"谜团"，它便会最终带领我们走向诗歌的深层意义而一劳永逸，我们还是更愿意相信

---

① 雅克·朗西埃，《马拉美——塞壬的政治》（*Mallarmé. La politiquede la sirène*. Paris：Hachette，1996），第 10 页。

② 查尔斯·毛隆，《初论马拉美之精神分析》（*Introduction à lapsychanalyse de Mallarmé*. Neuchâtel：La Baconnière，1950）。

③ 查尔斯·沙塞，《马拉美的钥匙》（*Les clés de Mallarmé*. Paris：Aubier，1954）。

马拉美最晦涩难懂的那些诗歌背后没有藏着秘密：既没有诗人个人的"隐私"（更没有"私密"的故事），也没有与道德或者宗教相关的"领悟"（我们把道德和宗教视为马拉美思想宝库的源头）。在这一点上，我们不遗余力地重申，唯一的秘密便是根本不存在秘密。①

我们大可以轻松地拒绝从精神分析、作者人生经历、秘传知识这些方式进行解密，"加密"的方式林林总总，并不仅限于某一种。在马拉美的文字中我们就能隐隐觉察到另一种密码系统的存在。因为我们有充分的理由认为《骰子一掷》中存在一种源自内部的密码。这种绝非外来的密码只有凭借作品中分散的线索才可以破解，而这密码又与马拉美文字外部的钥匙——诗人的生活或者自古传承的教条——脱不了干系。为什么我们先前就有了一探《骰子一掷》中"秘密算术"的欲望？（之后我们还会继续探讨这个问题）仅仅因为马拉美在他为实现"书"（livre）这个理念而备战的笔

① 见皮埃尔·马舍雷（Pierre Macherey）的文章《阿兰·巴迪欧的马拉美》（Le Mallarmé d'Alain Badiou）。他几乎原封不动地复制了朗西埃的话："马拉美不是刻意掩盖文意让读者不得不进行一番推敲。他仅仅是写得晦涩难懂……秘密其实就是没有秘密，因为诗歌想要表达的东西大家有目共睹……白纸黑字……"皮埃尔·马舍雷，《阿兰·巴迪欧的马拉美》，摘自查尔斯·拉蒙主编《阿兰·巴迪欧，思考"多"》（Alain Badiou, Penser le multiple. Paris：L'Harmattan，1998），第400—401页。

记中已经为这样的"算术"神魂颠倒？这些他留下的笔记——大约写于 1888 年与 1895 年之间——是马拉美还未来得及实现的"巨著"仅剩的"草稿"。这个"绝对文学"梦想背后最根本的组成部分涉及图书编辑以及《书》的公开朗诵会的所有细节。显而易见，全部的运算都有象征性的意义，并且不考虑实用性。以一例为证：《书》的公开朗诵会在场的 24 个助手显然代表了十二音节的韵体诗中一个对句的 24 个音节。诗人严肃地计划着创作一部植入了算术的作品，让读者解读算术的意义。一些算术一目了然，就像我们提到的这些；另一些更加隐晦的算术则意义不明。这些象征性的数字游戏并不总是那么触手可及：它们藏身于"书"和书本制作的偶然性中。例如，日常阅读的时间、出版作品的长短、作品分册数，等等。

人们笃定地认为马拉美并没有在《骰子一掷》里偷藏以"唯一数字"为结果的算术。但我们只要拿起他的作品，这种看法便不攻自破。这首诗的第一版发表于 1897 年 5 月，仅比传言中他完成为《书》而备战的笔记的时间晚两年；1897 年 11 月，《骰子一掷》最终版确定。《骰子一掷》中反复提到的神秘"数字"好似一种尚未实现的"格律"，我们从它身上便能看清未来的诗歌将何去何从。那么，就算作者对算术的迷恋之情从一个文本蔓延至其他文本，这也不值得大惊小怪。米叟·侯纳（Mitsou Ronat）在 1980 年发表了自己的观点，她认为书的物理属性也是刻意计算的结果。即便人们已经将这个观点推翻①，但仅仅因为她的推断是错的，我们就能以一概全，认为马拉美所有的诗歌里都不存在密码吗？米歇尔·穆拉（Michel Murat）在他对《骰子一掷》"严谨"的研究里，迫切地凭借马拉美手稿里的线索证实侯纳犯了错。他指出，《骰子一掷》中诗人的手法并不是马拉美通用的手法，也不是根据算术而来的②；但他的逻辑错误——从不存在一个特别的密码推演出不存在任何密码的结论——违反了一个基本原则：我们只能在广泛共识中寻找真相。因此，我们也要同他的观点保持距离。

然而，这样先验地否认密码存在的态度看起来却很值得玩味。我们仔细思考后便会发现，问题不在我们摒弃的那种过时的批评方式上，而在"书"本身的追求上。不言而喻，后者无疾而终才是根本意义上的败北。称马拉美不是一位"深奥莫测"的作家，实际上是指责马拉美迷失在写作中——所以他才会在这本理应高高在上的作品里制造表达象征意义的神秘运算。尽管如此，我们无须追问这样的算术对作者而言有着怎样的诗学意义。我们只需简单地把《书》的笔记的中断看作这场荒谬的追求的结果，因为它注定

---

① 我们将在本书的第一部分讨论她错误的原因。

② 米歇尔·穆拉，《马拉美的〈骰子一掷〉，诗歌的新起点》（*Le Coup de dés de Mallarmé. Un recommencement de la poésie.* Paris: Belin, 2005），第 93 页。

失败。

　　希望我们没有妄言：多数当代的批评家不认为《骰子一掷》没有经过加密，因为想要证明密码不存在才是难于登天，我们没有任何证据。他们言下之意是，这首诗不该被加密，可他们从未承认这种观点。理由很简单：只有《骰子一掷》不被加密，我们才能确认马拉美自己放弃了对"书"的追求。如果事实上马拉美的确拒绝对他最具创新意义的诗进行任何加密的操作，那么即使这首诗仍保留了对数字的迷恋，我们也可以肯定，自1897年起马拉美对计算持有的这股不被理解的热情已经冷却。这样一来，这种让人憧憬的疯狂就不会扩散到这些未发表的笔记之外；"数字"则将从算术中解放出来而重新成为掷骰子的偶然结果这一单纯的诗学隐喻，而"上帝之死"使得诗歌创作无异于掷骰子。因此，他对"书"的追求陷入一个愚蠢的困局：空洞无用的象征性计数法控制着写作的方方面面，而阅读沦为一种仪式。《骰子一掷》就是这写作计划的"墓志铭"。我们可以从布朗肖（Blanchot）的视角出发，把马拉美看作一名"绝对文学"的英雄人物，明知不可为而为之；或者在朗西埃的启发下，认为马拉美将自己从那些未完成的著名文本——《依纪杜尔》（Igitur）或者"书"的笔记——的疑难困惑中解放了出来，在他发表了的文本中寻找庇佑，因为只有这些作品才能说话。不管哪种情况，我们都希望能够尊重诗人的临终遗愿：马拉美在弥留之际要求他的亲友烧掉他等待了半个世纪仍未能发表的笔记，其中包括了"书"的笔记。然而诗人家属中有一部分人并不愿意这么做，让马拉美的这些文字躲过了一场真实的火刑。因此，另一场"理智的火刑"被那些想要"合理地"探索《骰子一掷》的奥秘的人们所接受，他们依据作者的意图对扎根于文字内部隐秘的算术视而不见。

另一种可能的解释也同样露出水面：《骰子一掷》里密码的发现意味着马拉美从未放弃在"书"中设计算术，起码根据他写作的原则来说确实如此。我们说《骰子一掷》经过了加密，也就是认为"书"的中断并未预示着它注定走向失败，而是说明了作者对象征性算术的执着突然以另一种形式出现。这也意味着我们宁可接受马拉美是一个在找到其不屈不挠寻找的东西之际被死亡打倒的诗人，也不愿意承认马拉美被困于不切实际的梦想，追求着一部不可能的作品。

这就是我们将要辩护的观点。从此刻起，我们担负着双重任务。我们必须解决，第一，一个围绕"事实"的问题：密码是否真实存在——如果是，它是什么？它是怎样工作的？为什么它的结构让我们对它的真实性如此深信不疑？第二，一个"法律"问题：对马拉美而言，这样的加密操作在诗歌内部有着怎样的合理性？为什么在1898年——他逝世那年——诗人能够在他的文学设想中给予加密手法这么崇高的地位？为什么这首诗——我们后面会说到，它特别像一份遗嘱——除了诗歌之美，还必定将与加密的原则一起传承？

第二个问题更加困难，它不再关心密码的规则而是为密码辩护。因为，不管密码多么复杂，它本质上都并不成熟；总之，它是毫无文学价值的。假设《骰子一掷》里确有一个谜团，那么我们必须像解开魔术师的戏法一样拨开迷雾。但解密本身并不能帮助我们理解文本的诗学意义，相反，解开密码本身只会让诗学意义更加复杂，并迫使我们追问为什么马拉美如此坚定不移地执行似乎并不符合大诗人身份的行为（把解谜的童趣加到他的诗行中去摧毁诗的光环)？马拉美以"计数"自娱自乐——接下来我们会讲到——并以谜底为神秘数字的字谜自娱自乐。这一点堪称现代诗歌标新立异的写作革命：革命透彻之极，前无古人，后无来者。把这样的游戏加入这么美好的诗歌之中，加入这么沉重的议题之中，马拉美是如何办到的呢？

因此，解开密码带给我们的，不是解答诗歌所有难点的答案，而是一个全新的问题：为什么加密《骰子一掷》？或者更准确地说，为什么这样加密《骰子一掷》？这个密码不是诗歌的终极钥匙，而是这意想不到的锁眼的形状：它不是为了揭露诗歌真实的意义，而是为了解释至今仍未被人发现的难点。即便密码解开，这首诗也不会完全暴露在我们视野之下，而是以另一种方式模糊自己，用一层未知的阴影包装自己。揭开谜题不是谜团的终点，它反而揭露了一个新问题。只有认识到密码存在的读者才能认识到这个新问题：一种如此简单的神秘密码对马拉美而言有着怎样根本的诗学力量？只有这种"谜中谜"的答案才能让我们通向这首怪诗的最隐秘的含义。

目　录 | CONTENTS

第一部分
加密数字

首先，我们需要注意几件事情。

马拉美这首诗的全名为《骰子一掷，不会改变偶然》（*Un Coup de Dés jamais n'abolira le Hasard*）。1897 年 5 月 4 日，它面世于期刊《大都市》（*Cosmopolis*），诗前附上了作者的按语和一段"编者的话"（其实为马拉美自己所写），但诗的排版——双页被缩成单页——违背了诗人的意愿。这首诗的最终版本于 1914 年，即作者死后，经编辑爱德蒙·伯尼奥（Edmond Bonniot）之手，由新法兰西杂志出版社出版。这位编辑使用的是，马拉美自己在诗歌发表于《大都市》之后，次日为插画家欧迪隆·鲁东（Odilon Redon）和编辑安博洛伊斯·沃拉（Ambroise Vollard）的版本而准备的手稿。由于 1898 年马拉美之死，沃拉的插图版一直未能发表。所以这首诗共有两个版本：1897 年 5 月《大都市》期刊上的版本和 1897 年 7 月至 11 月间为沃拉版而准备的校对本。而后者更能反映作者最终的想法，所以我们将研究的也是这个版本①。

"诗"

翻过介绍页——其中包括了文本的类型，即"诗"（Poème）②，以及标题、作者署名——之后，《骰子一掷》呈现了十一个双页：每个双页（不是单页）被我们用罗马数字从 I 到 XI 进行了标记，被看作是"独立的一页"（Page unique）③。马拉美在 1897 年的按语中强调了"诗"的单位是以双页形式出现的"页"（Page），因为我们从上往下读诗，浏览着书本从左至右最大范围内的全部诗句。

---

① 我们在附录 1《骰子一掷》中附上了伯尼奥的版本。我们会在本书第二部分解释为什么相比其他更现代、同时表面上更符合马拉美意愿的版本，我们更愿意使用这个版本。尽管最终版本完成于 1897 年 11 月，我们依照惯例将它标记为 1898 年。一是为了让我们更方便地把它与 1897 年的《大都市》版区分开来，二是因为为了等待勒东（Redon）完成插图所需的版画，出版社的编辑工作持续至 1898 年。

② 《骰子一掷》是这类文学体裁的唯一代表，所以独一无二。作者不仅把这个词用作广义的"诗篇"（poème），也把它定义为"诗"（Poème）：他观点（Idée）独一无二的实例。

③ 我们参考了米歇尔·穆拉《马拉美的〈骰子一掷〉》里提到的这种编页原则。

这个以大写字母 P 开头的词 Page 代表左右两个页面而以小写字母开头的词 page 则代表左边或者右边一半页面的单页。这种文本空间新奇的划分方式使得我们能够更清楚地看到"诗"里上演的戏剧。

《骰子一掷》围绕一个海难的场景展开，尽管诗里几乎没有点明这个场景。我们看不见船。我们猜想它已经被翻腾的海水吞噬，而波浪投下的阴影还停留在它消失的地方（第 3 "页"），唯独它的"主人"还漂在水面。我们对这位"主人"一无所知。主角陷入他唯一动作带来的矛盾，他犹豫是否把握在一只拳头里的骰子投出去。紧握的拳头代表他战胜了大海，可大海在顷刻间便又将他的拳头淹没（第 4、5 "页"）。之后几"页"描述了"主人"消失后的场景：帽子（窄边软帽）和帽子上的羽饰孤单地浮在水面，任由汹涌的漩涡摆布。片刻后出现了一位海妖（塞壬），她用尾巴一击，让岩石消失了，而船只似乎正是被这岩石撞得粉碎（第 6—9 "页"）。我们没有在意骰子是否被投了出去，但"诗"却以某个由恒星组成的星座的假设性登场（"诗"被"可能"这个词打断）而完结：这个星座靠近或者类似小熊星座（两种解读皆有可能）；"诗"结束的同时，羽毛也被大海吞没（第 9 "页"）。星座似乎上了发条，它像是接替船主人，在天空中重复投掷骰子的动作，只为得到"加冕"（sacre）的成果。星辰成了黑夜这颗骰子上的点（第 10、11 "页"）。

诗句在每 "页" 上巧妙布阵，全文不加标点，排版千变万化。除了这些特点之外，这首 "诗" 以一种由插入句拼接起来的句法结构而别具一格。这些插入句都嫁接在两个主句之后：

（1）诗的标题在正文中不断重复，穿插于第 1 "页" 至第 9 "页"："骰子一掷/// 不会/// 改变/// 偶然①"；

（2）第 10、11 "页" 上的一句话指明了那个星座的出现："任何/ 难忘的危机// 都不会发生/只剩地点// 除了/ 可能// 一片星云"；

（3）最后，在被插入句打断的从句中，我们发现一句简单句似乎与诗歌格格不入。它以一种寓意结束了全诗："一切思想如同骰子一掷"（Toute pensée émet un Coup de Dés）。总之，诗歌以 "骰子一掷" 开始和结束。

---

① 引用《骰子一掷》时，我们采用如下的协议：一条斜线代表一页内的换行；两条斜线代表双页内跨越中线的跳行；三条斜线代表两个或两个以上双页内的跳行。除了极个别情况，我们不会复制原文的版式变化。为了不让引文过于累赘，我们也不会在其中插入省略号来表示我们跳过了某些插入句。

"唯一数字"

这个"数字"在诗中出现了两次：分别在第4"页"和第9"页"。它似乎指骰子一掷后得到的总数。事实上诗歌第一次提到"主人"时，只是侧面描述了他的想法。他飘零在狂暴的海洋中，始终犹豫不决，他的动作还没有完成：

主人/ 推断/ 根据这场骚动// 在他脚下/模糊的水平面/ 伺机而动/ 躁动和骚乱/ 拳头紧握骰子// 谁威胁了// 谁的命运与狂风// 唯一数字不可// 替代// 迟疑不决/// 不要打开手掌/ 肌肉紧收/ 越过无用的脑袋。

LE MÂITRE / inférant / de cette conflagration // à ses pieds / de l'horizon unanime // que se prépare // s'agite et mêle / au poing qui l'étreindrait // comme on menace //un destin et les vents // l'unique Nombre qui ne peut pas // être un autre // hésite /// à n'ouvrir pas la main / crispée / par delà l'inutile tête.

波浪的骚动下水天一色，模糊了地平线，主人推测一个不可替代的"唯一数字"正伺机而动。他犹豫着是否打开他捏紧的手掌，是否抛出手中的骰子。似乎，这个"数字"不仅是"骰子一掷"的结果，也同样是风暴和海难的结果。正是根据波浪的"骚动"，主人才得出"唯一数字"将马上降临的结论。我们已经看穿了整首诗的重点：主人公对掷骰子犹豫不决的态度。所以现在我们知道，犹豫的态度乃是源自对"唯一数字"的期待，而"唯一数字"可能潜伏在海难的场景之中。只要我们理解了这个数字的意义，我们便能理解诗歌的悲剧故事本身的意义。但即便今日我们仍然难以把握悲剧的意义。

事实上，如果有一个唯一的数字，它的唯一性因"不能成为另一个数字"而产生，那么这样的数字会是怎样的呢？从算术的观点看，这个想法纯属无稽之谈。我们甚至可以说，所有的数字必须与自己保持一致并不同于其他数字。同样，我们也可以反过来说：所有的数字都可以上升为一个整体，并通过加法成为另一个数字。这样的属性要么无用武之地要么就是错的。但，即使我们承认这个"唯一数字"存在，我们也不能让它"独一无二"，因为它不同于其他数字，必须与自己保持一致以确保其完美的必然性。如果我们从掷骰子的角度思考"数字"，我们碰到的困境是一样的：一旦骰子落地，我们得到的所有结果都是必然的，因为时间不可逆转，我们永远不可能改变一个过去的事件；我们也可以说，所有的随机结果都是偶然的，因为一不小心它就会成为另一个数字。根据上述两种情况，不管我们接受还是否认马拉美的"数字"，我们都无法得到一个"独一无二"的结果。要"独一无二"，这个"数字"必须抛开其他所有数字而得到绝对的必然性。

因此，我们有理由认为我们面对的是"数字"代表的格律意义。米叟·侯纳和雅克·鲁博（Jacques Roubaud）指出了《骰子一掷》第二个主句里提到的"难忘的危机"（mémorable crise）的意义，我认为颇为中肯。他们认为"难忘的危机"代表了自由诗体的诞生所造成的"微妙的危机，根本的危机"，而马拉美通过这场危机质疑了韵体诗所要求的固定的格律和规律的韵脚。主人的海难道出了格律的危机，表现了诗人迎难而上、坚持实现这个为诗而生的"数字"——对法语诗歌而言，这个数字是十二音节诗里的"12"——的愿望①。时至今日，这个论点在某些方面仍旧不容置疑，只是现实也让我们认清了它在另一些方面的不足。

---

① 见米叟·侯纳（编）《骰子一掷不会改变偶然》（Paris：Change errant/d'atelier，1980），罗伯特·格里尔·科恩（Robert Greer Cohn）的评论文章（《批评》杂志［*Critique*］，1982年1月第416期，第92—93页），以及侯纳和鲁博发表于《批评》的回应（《批评》杂志，1982年3月第418期，第276—278页）。

一方面，我们知道，在自由诗与官方韵体诗拥护者之间的唇枪舌剑中，马拉美的态度不同于他人。高蹈派诗人，譬如勒孔特·德·李勒（Le conte de Lisle）和埃雷迪亚（Heredia），否认自由诗是真正的韵体诗，他们认为自由诗是排版花哨的散文诗，它只是将散文诗进行了随机的分行。而自由诗运动最激进的支持者们，譬如当时这种新体裁的主要理论家古斯塔夫·卡恩（Gustave Kahn），否认传统格律的必要性。他们认为传统格律只不过是一种"政治"意义上的限制，它是中央集权制和皇室专制制度的产物，是布瓦洛（Boileau）和布瓦洛意志的继承者们屈服于政治而创作的诗体。对卡恩而言，韵体诗的本质绝不是幼稚地计算音节或者同样幼稚地配对韵脚：它追求的应是韵律和语义的双重协调，这种合二为一的精神应该完全取代传统规则。

与这两种极端态度不同，马拉美则推崇不同诗体扮演不同角色：十二音节诗必须"万变"不离其"宗"——它的固定格式；自由诗展示的却是个性——诗人制造的"乐器"和"声音"只属于诗人自己。两种诗歌形式不但没有互相冲突，反而相辅相成。自由诗避免了我们过度使用十二音节诗以致最终"磨坏"耳朵。这样看来，这些韵体诗的解放者们延续了前人——诸如魏尔伦或者马拉美本人——的努力，在保留官方韵体诗的同时，摆脱了正统的语句停顿（coupe）和抛词法（rejet），松弛了诗歌过于紧绷的结构。同时，十二音节诗的延续使诗歌能够继续召唤人心，甚至能够继续扮演它的宗教角色——它能通过诗歌的吟咏集结"听众"，组织起一个民间宗教。作为实践新艺术的诗人，马拉美想要代替旧宗教的神父履行职责，用自己的神秘仪式让"听众"投身于一个民间宗教①。

马拉美死后才出版的"书"的笔记想要保留传统但不抗拒自由诗，无疑，这是笔记完全让人耳目一新的原因之一。尽管"书"这部"著作"诞生于追求"共相"的野心，可1866年图尔农危机后马拉美却迟迟不能下笔，使得"书"只能驻步于他的梦中。我们也仅能通过这些笔记对它一知半解。这些"书"的笔记创作于他对自由诗危机最

---

① 关于马拉美和其他倡导自由诗的历史人物的立场，请见于勒·于雷1891年的调查：《关于文学演变的调查》（Jules Huret. *Enquête sur l'évolution littéraire*. préface et notices de Daniel Grojnowsk. Paris：José Corti，1999）；以及古斯塔夫·卡恩，《早期诗歌》序：《论自由诗》（《 Avec une préface sur le vers libre ». *Premiers poèmes*. 3th edition. Paris：Mecure de France，1897）。关于韵体诗的危机和诗歌体裁的"神职"，见马拉美《诗的危机》（Crise de vers）和《办公室》（Offices）两篇文章，载于《马拉美全集》卷二，《离题》（《 Divagations »［1897］. *OEuvres complètes*. t. II. ed. de Bertrand Marchal. Paris：Gallimard，1998 et 2003）。《马拉美全集》中两个分卷在后文中将以《全集卷一》和《全集卷二》来表示。

为关注的那个阶段（1888年至1895年间），它们似乎成了作者对发展新诗体的回应。在这个创作计划屈指可数的草稿中，我们注意到了一件事：他组织了一场朗诵会。如果朗诵会算得上是一场在俗者的弥撒，那么它的《圣经》就是一本活页、没有署名的书。书的"主祭"是将活页两两装订的计算程序，而错综复杂的组合规则似乎可以通过各种组合表达不同的意义。

在继续讨论前，我们必须牢记马拉美伟大的抱负：建立一个"民间信仰"以取代一个有缺陷的基督教。马拉美不再是大家印象中"穿着诗歌的诗人"（poète aux bibelots）①，不像是敏感细腻的诗人。事实上，作为《骰子一掷》的作者，马拉美与第一批浪漫主义诗人——拉马丁、维尼，尤其是雨果——统一战线，与他们一样踌躇满志，甚至还带着拉马丁或者雨果那般的愤愤不平，一心想要创造出一个符合现代意识和后革命精神的宗教。但马拉美与这些伟大的前辈们在两点上有着根本的不同。首先，他不再相信任何形式的超验。他的新宗教将以人的神性为本，而不是复制出另一个基督教上帝。其次，相比他的前辈，马拉美迈出了更大的一步：他大胆设想了新宗教的前景。

————————

① bibelot 原意为小饰品，马拉美曾用 bibelot 一词来指代自己写的诗。——译注

因为，虽然"浪漫主义教士们"① 坚持创建和发展一种摆脱"地狱的无尽煎熬"的新神学，并希望新宗教能够替代他们认为过气的天主教，但他们并没有对新宗教的形式进行明确说明。阿纳托尔·法朗士（Anatole France）在马拉美身上看到了"实践精神"，根据他的描述，马拉美为了组织一个新的宗教仪式，细致入微，一丝不苟；这个仪式完全围绕一本"书"展开，而"书"本身的建构要求作者处理繁枝细节时不差毫厘。

总之，"书"向我们描述的仪式中充斥着作者对算术的痴迷，而其中 12 这个数字反复出现，或直接给出 12 这个数字，或以 12 的因数或倍数迷惑我们的眼球。比如，我们说过，朗诵会的观众必须由 24 个"助手"组成，他们可以分为 8 组，每组 3 位，也可以分成 12 组，每组 2 位；理想的阅读节奏遵循季节数 4，即代表一年四季；书的定价和出版后预计所得利润服从同一规则（2 法郎，240 法郎，480 法郎，等等）；以及发行册数、每册的页数（比如，960 册，每册 96 页）。书的规格大小也在考虑范围之内，它仍然以 12 的因数或者 6 的倍数作为标准（6 代表了每半句诗的 6 个音节）：于是，3、4、12 和 18 确定了书的

① 见皮埃尔·贝尼舒（Pierre Bénichou），《法国浪漫主义》（*Romantismes français*. t. II. Paris：Gallimard，2004）。

高，或者长边上诗行的数量，或者宽边上诗行的数量①。

就好像马拉美试图在 12 这个数字之上建立起一个避难所或者"后勤基地"。在自由诗中，十二音节诗的格律在诗歌文本中失去了自己的阵地，却似乎在文本的外围——"书"的物质载体和阅读仪式的组织结构中——找到了安身之所。于是，他们勉强地在流放于镀金书沿的途中重拾了自己的权利，然而也只能屈居书本的边缘。因为实际上，12 在"书"的正文中并未扮演任何角色：在寥寥数页笔记中，或在"书"应当展示的"画面"中，都找不到任何算术能够证明这个策划已久的文本内部确实存在数字 12。

但据米叟·侯纳所言，在这个马拉美用作回应自由诗争论的文本《骰子一掷》中，12 起了决定作用，他认为 12 左右了文本构成方式的内在逻辑。其实，这个观点有两个方面毋庸置疑：第一，数字所在的句子是一行十二音节诗——"不可替代的唯一数字"（L'unique Nombre qui ne peut pas être un autre)②；第二，整首诗是一本 11 "页"的

———————

① 这类算术渗透在全部的笔记中，见《全集卷二》，第 549—622 页。

② 句中顿挫（césure）发生于关系代词 qui，所以这不是十二音节诗的经典格式。但这种用法得见于马拉美戏剧作品《埃罗底亚德的婚礼》（la Scène d'Hérodiade）和《牧神的午后》（L'après-midi d'un faune）中，体现了马拉美对诗句的大胆处理。

小册子，但加上首页的正面——也就是标题页——以及尾页的反面之后，它便成了 12 "页"的小册子，也就是出现了两次"12 个单页"，就好像一首十二音节诗体的二行诗吞食了"诗"的空间。侯纳补充道，12 页决定了构成"双页"的全部元素——版面的文字磅数（12 磅或取 12 的倍数）以及每"页"内的行数（每个单页 36 行，因为 36 是 12 的倍数）——这才是她的核心观点。然而上述假设禁不起考验，因为《骰子一掷》的手稿（侯纳并没有看过手稿）上写明了马拉美和印刷厂的要求，其中完全没有提及排版印刷时优先体现数字 12 的要求①。

因此，侯纳的观点——数字 12 加密了"诗"——经不起推敲，我们也没有必要再次强调同一个事实。然而，她的观点还涉及一个法律难点。为了阐明我们的观点，就

----

① 关于米叟·侯纳对诗歌纸质媒介的错误解读，参考尼古拉·都里尼·吕贝克（Nikolaj D'Origny Lübecker），《塞壬的献身——〈骰子一掷〉与斯特芳·马拉美的诗学》（*Le Sacrifice de la sirène. Un coup de dés* et la poétique de Stéphane Mallarmé），见哥本哈根大学《罗曼语研究》（*Études romanes*），2003 年第 53 期，第 24 页；以及《全集卷一》第 1322 页中贝特兰德·马尔乔对《骰子一掷》的注释。在《骰子一掷》的手稿中，马拉美特意指出了以下事实："每页/ 文本和空白/ 基于数字/40 行。"40 不是 12 的倍数也不是 6 的倍数，所以米叟·侯纳从文本诞生角度把数字渲染成一个组成诗歌的重要角色的做法并没有任何意义。

必须指明它的问题所在。

《依纪杜尔》的悖谬

如果侯纳的观点是对的，那么《骰子一掷》便完全延续了《依纪杜尔》这个未完成的故事。《依纪杜尔》写于1869年，直到作者死后，即1925年，才得以发表。在这个片段似的文本中，城堡主人依纪杜尔在《哈姆雷特》和维尼《纯粹精神》（*L'Esprit pur*）的启发下，来到先人们的地下墓室中，想在午夜正点到那儿完成一个决定性的动作：掷骰子。而他关心的是骰子一掷能否得到12这个结果。数字12既是午夜这隔断过去与未来的关键时刻，也是十二音节诗体的理想之数。我们追问的是，这个以12为目标的动作是否应当与他的先人（浪漫主义诗人和高踏派诗人）一样得到永恒。然而，在年轻的马拉美眼中，上帝已经放弃了文学符号的价值，只有虚无与偶然才能支配文学，主宰存在。悲剧完全围绕依纪杜尔掷骰子动作中透露的迟疑不决而展开：这种迟疑与"主人"被卷入自由诗的暴风雨中时的态度如出一辙。

我们不能否认《骰子一掷》受到了1869年这个故事的启发。所以我们还可以确定的是，"主人"消失后，水面上只剩一顶"午夜的帽子"（依纪杜尔的午夜），以及曾经固定在帽子上的一根白色羽毛。羽饰既是诗歌写作的标志，也是哈姆雷特的独特象征。因为哈姆雷特举棋不定的态度实属登峰造极，马拉美称之是"潜在的上帝"。

我们还应解释得更加详细。所有能够用来定义"依纪杜尔问题"的信息，都出现在《骰子一掷》中："午夜"，"虚无"的"无意义"，迟疑，掷出骰子。但如果《骰子一掷》有意让 12 作为不可替代的（不能成为其他数字）的唯一数字，它应当参考《依纪杜尔》的解决方式来处理自己的问题。除非，所谓的"解决方式"实际上并未成功（这也解释了为什么马拉美没有写完《依纪杜尔》）。依纪杜尔的失败源自马拉美受黑格尔的影响（他更可能是受某位法国人对黑格尔的评论的影响①）而于 1869 年总结出来的偶然的无穷性。我们来看看马拉美是怎样描述这种无穷性的本质的：

> 总之，在以偶然为中心的动作中，总是由偶然自己完成它的使命：自我肯定或者自我否定。在它的面前，否定或者肯定都将失败。偶然包含了荒诞成分。

① 参考劳埃德·詹姆斯·奥斯丁（Lloyd James Austin），《马拉美和"书"的梦想》（Mallarmé et le rêve du "Livre"），摘自《论马拉美》（*Essais sur Mallarmé*. Manchester / New york：Manchester University Press，1995），第 66—91 页。

它暗藏荒诞的潜力，并阻止荒诞的产生，使得自己无限存在。[1]

此处所指的"偶然"中存在着强烈的矛盾（它"包含了荒诞成分"），而矛盾使它既是一般意义的偶然，也是非一般意义的偶然。非一般指的是，从辩证的角度（而不是数学的角度）观察"偶然"，它是无限的：它总是"已经"包含了超出它极限之外的东西，并吸收可能与它相悖的事物。这种说法听上去有些晦涩难懂，但言下之意却昭然若揭：我掷出骰子，结果通常变化不定，像是《骰子一掷》中写道的"心灵的潺潺流水"（inférieur clapotis quelconque）。这种情况下，偶然作为"无意义"而存在于微不足道的结果里。但情况也有可能相反。当某种有利但可能性很小的巧合事件发生时——比如我突然得到 12，于是赢得了关键的一局比赛——事情似乎被一个高高在上的意图牵着走而向着某种动机驱使的结果发展。同样，更多时候，韵体诗的作者们创作的是没有个性的十二音节诗，这是他们劳动的偶然性在作怪；但有时，一首美妙的十四行诗也可以使我们惊喜不已——它似乎被命运的必然性牵引而成了终极结局驱动下的产物。对于不相信上帝的人来说，这

---

[1] 《全集卷一》，第 476 页。

也是偶然的效应：5 或者 8 这些与胜利无缘的数字并不比胜利数字 12 更加"偶然"；不论偶然在事件枯燥乏味的发展过程中得到肯定，或者在佳作显而易见的必然性中得到否定，它总是主宰着天才的诞生，支配着天才的创作。偶然事件以及巧合事件中的偶然，从以下意义上来说是无限的：它在惨淡的结果中自我肯定，也通过一个有意义的结果、光鲜亮丽的外表而自我否定。我们看到了马拉美是怎样倒置黑格尔哲学"无限"的概念，让它不再是对精神实质（Esprit）——这种精神实质甚至包含了自我否定的部分——的批评，而是对虚无（Néant）——虚无指的是没有意义，它甚至决定了那些将它排除在外的事物——的审判，并把它用来改变这个稀松平常的观点：一切都是偶然的。

如果所有的结果都将回归本身（même），即回归完美的诗句或者庸俗的诗句里体现的无穷性以及相同程度的意义缺失，那么如何用掷骰子来对抗无限的偶然呢？1869 年，年轻的马拉美没能找到这个悖论的解决方法。他曾给《依纪杜尔》准备了两个结局：（1）依纪杜尔只需"摇一摇骰子"（secoue simplement les dés）而不把它们掷出去，然后"在他先人的灰烬中安眠"（se couchesur les cendres de ses ancêtres）——这等于马拉美放弃了文学，或者他认为文学只有自我放弃才能永远持续下去；（2）先人的声音化作风的咆哮，为他的行动壮胆，依纪杜尔掷出骰子并得到了

12。写作总是因为缺乏存在基础而让作者陷入痛苦的意识危机之中，所以他的举动像是一场为了避免危机而进行的"存在主义者"的挑战。这样一来，我们的主角得以延续先人的行动，却使它的行动化身一团怒火和一张嘲讽的脸，因为写作带来的结果背离了先人的信仰：左右诗人天职的不再是上帝，而是虚无①。

即便我们指出马拉美是早于布朗肖和萨特的先驱，也几乎无济于事。这两位 20 世纪的主要代表人物把无意义作为最终目的，分别提出了"消耗文学的文学"（la littérature de l'épuisement de la littérature）和"拥护荒谬的唯意志主义文学"（littérature volontariste de l'absurde endossé）。有意思的是，尽管这两个观点后来成为 20 世纪的主流，年轻的马拉美——当时他 27 岁——却并不满意于其中任何一个选项。无疑，这正是《依纪杜尔》未能完成的根本原因。我们很容易理解他为什么不满意：两个可能的结局足以揭露每个结局的偶然性；我们可以无所顾忌地选择任意一个结局。如果这种偶然性平分了每个选项的机会，那么书写"写作的衰竭"，甚至放弃所有写作——像兰波后来放弃了写作——无非刚好确认了虚无时代下诗歌的权利。此后，

----

① 《依纪杜尔》，参见《全集卷一》，第 477—478 页，第 481—482 页。

马拉美无法再做选择,《依纪杜尔》的故事也就不了了之。

但是,如果马拉美在《骰子一掷》中认定的数字是12,他只需要把《依纪杜尔》的结局设为已经被他否定的两个选项其中之一,也就没有所谓必然性的问题。因为肯定12的价值,就是仍对标准的十二音节诗抱有幻想。不过,十二音节诗只是偶然的结果,并不是对偶然的否定。这首先是法语语言的偶然。法语与其他所有已经存在的语言一样,在马拉美眼中是"不完美"① 的:它的语音与意义之间没有必然联系。我们说法语是所有语言中的一种,其实违背了法语的偶然性,遗忘了巴别塔的不幸,揭露了马拉美诗歌宠信的数字没有普遍意义的事实,因为十二音节诗不能转换成外国诗歌。其次是天才的偶然。天赋有时能够创作美妙的诗句,但这只不过是因缘际会之下的偶然,同样是庸俗不堪的结果,就像诗人在一首死后发表的诗里说的那样:

> Parce que de la viandeétait à point rôtie,
> Parce que le journal détaillait un viol [...]
>
> Un niaismet sous luisa femme froide et sèche [...]

---

① 《诗的危机》,参见《全集卷二》,第208页。

Et de cequ'unenuit, sans rage et sans tempête,

Ces deux êtres se sontaccouplésen dormant,

Ô Shakespeare, et toi, Dante, il peutnaître un poète [1]!

因为肉正好烤熟了，

因为报纸详细报道了一起强奸案……

一个傻子将冰冷瘦削的妻子压在身下……

一个没有狂风怒号也没有疾风骤雨的夜晚，

这一对男女在榻上颠鸾倒凤，

啊，莎士比亚和你，但丁，你们会生下一个诗人！

　　从他的人生历程来看，马拉美没有任何理由给数字 12 添上"唯一性"和"必然性"的标签。他从年轻的时候就明确地否定"唯一性"和"必然性"。在他的作品中，他清醒地意识到了偶然性的存在。《骰子一掷》的标题似乎正好强调了依纪杜尔式的无限偶然的真相——掷骰子的结果必须服从永不停止的偶然，就算对完美的 12 来说也是一

---

① 《全集卷一》，第 65 页。

样：所以骰子一掷，永远得不到偶然。这也是侯纳的假设未能进一步做出解释的原因。绝妙的诗句永远擦不去偶然性的痕迹。

我们面前困难重重。不仅是侯纳的分析，人们为解读诗歌——找出诗歌给出的那个符合主人定义的数字——所作的所有尝试都被贬到一文不值。如果《依纪杜尔》的某些东西在《骰子一掷》里得到了继承，那么它一定是高高在上的偶然的无限性。1898年的诗歌肯定了这一点，它像是早已洞察一切，通过这种无限的偶然指责主人不该期望一个绝对必然、唯一的数字。这就是为什么侯纳的解读一味促成了当时对该诗的主流评论——把《骰子一掷》的失败理解为现实创作中对一种"必然"的诗歌、"必然"的韵文诗和"必然"格律的失败尝试。因为，不论创作的客体是什么，我们都违背了无神论世界中不可抗拒的偶然性。这样的评论至今依旧占据着主流地位，我们常常在加德纳·戴维斯（Gardner Davies）和米歇尔·穆拉（Michel Murat）笔下看到。它点明了诗歌的结局：主人为了迎接这个不可代替的数字而从乱流推演所得的结论（l'inférence du Maître）是错误的。"唯一数字"是空想的别名：我们可以把它当作梦想、伊甸园或者虚构的事物，却不能期待它以任何形式得到实现。

第8"页"至第9"页"上的一句短短的诗句证实了

我们的观点：主人自己嘲笑某一刻自己把幻象信以为真。（soucieux / expiatoire et pubère/ muet // rire / que / SI /// c'était / le Nombre //ce serait / le Hasard [忧郁的/ 愧疚和青涩的/ 无声的// 笑声/ 像/SI/// 这正是/ 那个数字// 它可能是/ 偶然]）我们明白马拉美在此处默默地嘲笑着（muet rire）自己的错误。嘲笑本身成了我们的证据：这是为了赎罪的嘲笑，也是青涩（pubère）的嘲笑。事实上（作者认真地吸取了《依纪杜尔》的严厉教训），即使这完美的数字是由掷骰子的动作带来的（即使这正是那个"数字"——même si c'était le Nombre），"它仍可能是偶然"（ce serait<encore> le Hasard）。也就是说，它仍然是偶然的结果。作为标题同时贯穿全诗的肯定句——骰子一掷不会改变偶然——的最后一个词与主人"自我批评"的最后一词都是"偶然"（Hasard），这更好地解释了我们的观点。为了表达相同的观点，两句话聚焦在同一个词上：诗歌以"绝对"为使命，而"偶然"不可一世地征服了疯狂的诗歌。追求终极、必然的格律——这个诗歌首要任务失败的原因可能就在于此。于是，认同这种观点的人不再认为诗歌创造了某个特定数字的规律并服从着它。

　　然而，这个讽刺、扫兴的解读同样碰到了棘手的难题。因为我们并不了解是什么让主人清醒过来并放弃他此前的推理。因为，主人是根据水平面上一连串闹剧以及韵文诗

的动乱——而并不是根据某种和谐的幻影——才推算出
"唯一数字"即将出现。如果他用来推断数字的条件——
毁天灭地的天灾——没有变化，那么他是如何得到相反的
结论的？主人态度的骤然转变没有任何合理的动机。如果
在他遇到天灾之前，天气和风日丽，而他也相信上帝守护
着宇宙的秩序以及守护着诗歌必然的美，那么我们会看到
主人在这样的心境下迅速摆脱幻象。可情况恰恰相反。他
是在灾难中认识到结局的：颠覆传统诗歌才是"数字"对
他的承诺。因此，我们可以认为正是这次海难让他睁开了
双眼，看清了他期待的事物是多么虚无缥缈。但我们怎样
才能从一场彻头彻尾的灾难中得到一种必然的、高高在上
的格律？事实是，主人的推理是一个悖论，时至今日我们
仍读不懂其中的逻辑；它不是一个天真的玩笑——否则我
们轻轻松松便能越过难关。只要我们不能理解主人的推理，
我们也无法确定主人——以及他代表的"诗"——是否否
定了数字的存在。

这两种解读（加密或者讽刺）都不足以说明问题，而
这恰恰反映了我们遇到的难点：《骰子一掷》的标题（似
乎还有"愧疚以及青涩的嘲笑"）否定了主人的推论，但
我们却无法肯定其中一方比另一方更加合理。我们能够解
决这个疑难吗？

除了一条出路之外，我们别无选择：我们得推敲在什么情况下两种解读可能同时成立。这是诗歌向我们提供的解决方案，因为它从未斩钉截铁地否定其中任何一个论断。而一旦我们找到了让两者成功妥协的办法，我们便可能获得决定性的线索来帮助我们解读主人在诗里隐藏的"数字"的意义。其实，我们只要提出问题，我们因不察马拉美想要表达的字面意思而未能找出的事实，就能自然地浮出水面。当马拉美似乎想要通过"嘲笑"来否定主人第一个愿望时，文字想表达的是什么呢？

Muet rire que si c'était le nombre ce serait le hasard
无声的笑声（嘲笑）好像这正是那个数字它可能是偶然

如上所述，讥讽派把这句话解读为：即使是数字，它也仍是偶然的结果。这是最"合理"的理解方式，但这不是文字的意义。字面的意义正好完全相反：如果是数字，那么数字是偶然。也就是说，数字是偶然本身，而不是它的结果。于是，事件逐渐明朗。事实上，按字面意思理解这句话并把它接在标题之后，我们得到了一个结论完美的三段论。而我们也可以从中找出主人的推论表达的意义：

（大前提）骰子一掷得不到偶然

（小前提）"数字"（如果它存在）是偶然

（结论）骰子一掷得不到"数字"

换言之，如果一个代表了"偶然"的"数字"产生了，那么它将具有偶然性本身不变的永恒性，因偶然而诞生的每个个体的随机性被忽略不计。偶然自己便是必然和无限的。那么一个与它融合的数字也将陷入这种宿命之中。海难发生之际，主人急着希望偶然代表的唯一数字可以如实出现。但一个"数字"如何能够实实在在地成为偶然，而不是它的结果呢？既然"数字"本身是骰子一掷的产物，怎样才能让掷骰子的动作得到的就是偶然的本质，而不是偶然的结果呢？我们暂时忽略这个问题。但让我们从这个假设出发，看我们能走向何处。

绝无仅有的格律

米叟·侯纳的观点被推翻后，马拉美的诸多评论者们应该暗自松了一口气。因为"书"这个寄情于算术的离奇理念没有牵制《骰子一掷》，所以这首诗才免受它狂热的荼毒。但我们应重新审视以下事实：如果诗人这般执着地将各种性质的算术加入"书"的理念中（他曾在他与魏尔伦的通信中①表示"书"是他一生的作品），那么即使他在自己最大胆表现的作品里藏有什么机关，我们也用不着惊讶。事实上，我们知道数字 12 仍继续影响着《骰子一掷》的物理属性——诗的"双页"和"单页"数字。可既然"书"的草稿中并没有出现 12，那么我们也不用因为诗中少了 12——除了几个零碎的元素，例如"唯一数字"这样的说法——而感到不可思议。所以，可能某个别的数字才是诗的乾坤，才驾驭着马拉美生前最后这首诗。

假设存在这样的数字，那么我们需要找出它"独一无二"的原因。侯纳判断数字来自十二音节诗体，她根据的是诗歌体裁的"唯一性"，而不是诗歌个体的"唯一性"。在法国诗歌里确实存在数量庞大的十二音节诗，它们使用着同一种格律却是不同的个体。让我们假设存在这样一种格律，它在整个诗歌史上只出现了一次，那么它便是《骰子一掷》的"数字"，因为这首诗本身之独特，前无古人，

---

① 1885 年 11 月 16 日马拉美写给魏尔伦的公开信。见《全集卷一》，第 787—790 页。

后无来者①。那么，我们所说的"唯一数字"指的不是体裁的唯一，而是诗歌个体的唯一：这是 1898 年的这首诗内部的算术机制造成的。这个数字是诗歌秩序的唯一代言人，既是因为它来自一首独特的诗，也是因为诗里的算术模式绝无仅有。如此一来，我们便能理解为什么主人能够从第 4 "页"上的文字的"动乱"中推断出"唯一数字"的蓄势待发（se préparer）。因为整首"诗"都在执行一次"实现正在执行的求和运算"，而总和只能在过程结束时（第 11 "页"）才能得到，就像一句十二音节诗只有在句末音落时才能实现自己的 12 个音节。

但我们会问，为什么要制造这样一个数字？此刻我们只能得出以下结论：如果马拉美设定了一个"唯一数字"为诗的密码，那么他应该已经实现了规则诗体和自由诗之间的和谐共处，而不是像他在与于勒·于雷的谈话中以及在《诗的危机》一文中那样，只提出了一个理论上的协调

① 马拉美曾希望用这种形式创作更多的诗歌，并借机创立一种新的"体裁"（从 1897 年的《按语》以及古斯塔夫·卡恩的表述我们已经了解了这个事实），但《骰子一掷》作为这些诗的原型，本身便是独一无二的。参见古斯塔夫·卡恩（Gustave Kahn），《象征主义的起源》（Les origines du symbolisme），载于《象征派诗人与颓废派诗人》（Symbolistes et décadents. Genève：Slatkine，1977），第 24 页。

方案；那么他也不应局限于从批评家的角度提出两种诗体互存互助的建议，而应从诗人的立场出发，创作出一种能够有效综合两者的诗体。因为，一方面，整首"诗"应被当作一首一行诗，确切地说，一首独有的二行诗：以"两个十二页"（2 乘 12）组成的"十二音节"二行诗，一个不同于 12 的独门的格律将之加密。由此看来，新的诗体应该是规则的，而它的规则比任何时候都更加引人注目，因为它在二行诗吸收了"诗"和"书"的全部空间的基础上，占有了二行诗的全部空间。另一方面，《骰子一掷》的"诗体"体现了自由诗的个性（individualité），因为它的格律仅为自己所有。从某种角度说，自由诗的个性从未这般分明，因为诗的规则是绝无仅有的。而所有自由诗至少存在着一个共通点，那就是它们都没有规则。马拉美没有反对格律和个性，反而创作了新的格律。比起舍弃格律，新的格律更加巧妙地独树一帜，更加鲜明地自成一派。

如果《骰子一掷》有一个内在的、为它独有的格律，那么它将会是哪个数字呢？我们从何处入手才能算出这个数字呢？让我们看看文本说了些什么。如果格律在《骰子一掷》里得以实现，那么我们就可以耐心地读完全诗，预期诗的结尾能给我们提供一个揭露格律本质的线索：事实确实如此，诗里唯一一个涉及数字的单词便是最后一"页"里的"小熊星座"（Septentrion）。小熊星座包括的七个星体，就像是天空这个大骰子上的七个点。于是，《骰子一掷》的第二个主句变为下面的形式：

Rien / de la mémorable crise / n'aura eu lieu que le lieu // excepté / à l'altitude / PEUT-ÊTRE// hors l'intérêt / quant à lui signalé / defeux / vers / ce doit être / le Septentrion aussi Nord / UNE CONSTELLATION.

什么/ 难忘的危机/ 都不会发生// 除了/高挂空中/可能// 趣味索然/ 若被发现/ 已故的/ 韵体诗/ 它一定是/ 北方的小熊星座/ 一片星云。

因此，这场自由诗的危机只"可能"造成一种结果：一片星云——它自己带有一个从未出现的数字7，而7致力于成为现代诗歌的新的指南针（Nord）。显然，这些"已故的韵体诗"（feux vers）是十二音节诗，而自由诗的"篡位"宣布了它们的死亡，因为《骰子一掷》里星云代表的新的格律必须代替十二音节诗；而马拉美认为它们有着不容置疑的价值，所以用不着抹杀它们的正当性。于是便有了壮观的最后一幕：

UNE CONSTELLATION

froide d'oubli et de désuétude
pas tant
qu'elle n'énumère
sur quelque surface vacante et supérieure
le heurt successif
sidéralement
d'un compte total en formation

veillant
doutant
roulant
brillant et méditant

avant de s'arrêter
à quelque point dernier qui le sacre

Toute Pensée émet un Coup de Dés

一片星云

被人遗忘的昨日的冷漠
比不上
它所列举的
在某片俯视一切的空白画布上
持续的冲撞
像恒星一样
实现正在执行的求和运算

凝视过
怀疑过
翻滚过
闪光过也思考过

最终停泊在
为它加冕的最后地点

一切思想如同骰子一掷

通过这场"压轴好戏",我们明白了一点:这首诗只是正在实现它所描述的事物的过程之中。《骰子一掷》有着"述行"的一面,它执行的求和运算是一个以某个度量单位 X(仍然未知)为目标而进行的"实现正在执行的求和运算"。X 作为一个即将出炉的总数,正在我们的眼皮底下经历算术的过程,它经过(roulant)每"页"的洗礼,"最终停泊"(avant de s'arrêter)在一个"为它加冕的最后位置"(point dernier qui le sacre)上。此刻,我们有理由相信,我们在全诗部署完成后得出的"数字"与 7 关系紧密。

为什么马拉美如此重视 7 这个数字?并不是因为——或者不是主要因为——7 在很多传统中是神圣的数字,而是因为马拉美把 7 当作是传统格律与纯粹的偶然之间妥协的结果。一方面,7 代表了十四行诗中韵脚之数,而在马拉美眼中,十四行诗无疑是最完美的诗歌形式,他也不间断地实践这种诗体的写作。《以 x 为韵脚的十四行诗》这首"一无是处"的十四行诗内部相互辉映,使得"星辰的七重奏"于午夜时分(＝12)出现在一间空寂的客厅的玻璃窗上。它的格律(十二音节)以及它的韵脚的数字都以象征符号的形式出现在诗里。

同时,7 还是小熊星座星体的数量,而小熊星座的北极星为所有旅行者指明着方向。此外,我们从弗朗索瓦·

戈贝（François Coppée）①的"可靠"信息中得知，《骰子一掷》的作者把散落于空中的星辰当作偶然的象征。既然星云的壮丽没有传达任何意义，那么用视野划分星云，这在马拉美看来，与诗歌创作无异。马拉美致力于让文字"闪光"。他的文字因语言的偶然而生，因晦涩的句法而闻名。他的句子里，似乎每一个词都无视其他词的存在，把自己隔绝在它们之外，好像自己并不在任何语境之中：这使得每个词都光芒耀眼，而这样的光芒我们却从未发现②。

因此，小熊星座的星云是美的标志。星辰的光辉，让它在代表了永恒的偶然的空中格外动人。它还提醒我们，上帝的缺席，这确然无疑的虚无，正是美的条件，就像夜晚和太阳光线的湮灭正是星辰闪耀登场的条件一样。此刻，星光便是我们的指南针③。

---

① 参见于贝尔·法布罗（Hubert Fabureau），《斯特芳·马拉美，他的作品》（Stéphane Mallarmé, son œuvre. Paris：Édition de la Nouvelle Revue critique，1933），第 25 页。

② 关于这一点，参考本书第 113 至 114 页。

③ 最后还可能存在一个相对不那么重要的原因。诗人偏爱 7 还可能是因为小熊星座（Septentrion）的拼写里包含 7（sept）这个数字，而组成 7（sept）的四个字母与诗人名字（Stéphane）的前四个字母一致。所以提到小熊星座本身就是一种标记诗歌（给诗歌加盖数字标签）的隐晦手段。7 之于马拉美，就像基督的符号（Chrisme）之于基督（Christ）。

但我们还未来得及指出，马拉美对 7 的执迷也在"书"的笔记里留下了蛛丝马迹。之前我们提到的那一系列数字包括了 12 的因素或者倍数，以及 6——半句诗的音节数——的倍数。但在这些笔记中还有另一个系列的数字，它们完全由 5 的倍数组成，它们的重要性不低于前者。虽然助手的数量是 24，但马拉美指出，算上操作者后，每次朗读的人数将为 25 人；"书"的每一本实体书，也就是"书"的每一册会有 5 个不同的主题；发行量是 10 的倍数，也就是 5 的倍数。更重要的是，书的朗诵将按 5 年一个巡回不断重复：5 年是古罗马"五年祭"的周期，马拉美如是说①。这也是为什么进行朗诵会的教室以 5 为名：它代表着另一个五年祭。

书中的数字分别来自这两个系列——12 的因数和倍数，6 的倍数，5 的倍数。据我们所知，它们仅来自这两个系列。第一个系列因十二音节诗和六音节诗而格外显而易见，第二个系列与诗歌的特殊数字却没有一目了然的联系。似乎十四行诗或十二音节诗的任何元素都与 5 没有直接关系。为什么马拉美对代表朗诵会周期的数字如此倾心？我们可以给出以下答案：12 只决定了文本的形式。那么决定了诗歌内容的数字又是什么呢？马拉美在他的笔记中间接

---

① 《全集卷一》，第 562 页。

地回答了这个问题：书本内容里的数字将是 5 的补充，以达到 12 这个数字。换言之，我们只需将 12 减去 5 就能得到书本内容里的数字：12−5＝7——小熊星座正是这样从未露面却被加密于笔记之中。笔记确定了仪式的密码，随后它仅仅在数值差的帮助下就确定了"书"的密码。正是通过"书"里对数字的思考，我们才可以将《骰子一掷》与这般"步步为营"的算术联系起来，才可以知道《骰子一掷》与数字 7 有关。1898 年版的"诗"似乎在文本内部藏有密码，但笔记还没有讲解到这一步。

如此，确定数字的条件清晰了起来：我们必须找到一个能让数字 7 从"诗"中脱颖而出的算术单位。为了达到这个目标，让我们来看《骰子一掷》的最后一句。它是唯一没有插入句的主句，此外，它因内容简单而与其他句子保持了距离："一切思想如同骰子一掷。"（Toute pensée émet un Coup de Dés.）我们说过，这句话应当理解为整个故事的寓意或者"诗"的教训，也就是对意义的简明阐述。但还有一种通俗又准确的理解方式。我们不必认为这句话以模糊且平凡的方式把所有的思想都认定为赌博，而可以把它理解为：所有的思想，只要能用语言表达，都产生了一系列随机的数字，而这些数字对语言的组成至关重要。实际上，这句话像所有句子一样，包含了一些字母、音节、名词等词。这些数字由思想而生，同时思想寄托于数字。但数字本身不是没有意义的，它们与我们寻找的思想有着特别的联系。至少在一般情况下是这样的。除非将它神秘化（kabbaliser），我们找不到"我爱你（们）"（Je vous aime）的宣言与数字 10——这是组成这句话需要的字母数——之间的关键联系。这个例子中意义与数字的联系是偶然的：也就是没有联系。作为规则韵体诗的实践者，传统诗人将语言服从算术的规则，尤其是服从音节的规则以确保格律，但为什么诗的最后一句没有暗示我们是怎样的数字规则决定了"诗"的"格律"呢？我们的问题是：这句话中有 7 这个数吗？如果有，它的计算规则是什么？答案是肯定的。它包含了一个 7，一个最简单明了的 7。最终的句子由 7 个词构成：

Toute	pensée	émet	un	Coup	de	Dés
1	2	3	4	5	6	7

于是我们向前迈了一步。现在我们可以将我们的假设表述为：诗的最后一个词"加冕"（sacre）指出了星空的偶然结果，《骰子一掷》的"数字"是诗歌里词的数量。"为它加冕的最后位置"指的不外乎是"加冕"这个词。我们重新认识了"诗"的述行作用，"加冕"一词的书写相当于加冕。也就是说，我们可以认为由 7 个词构成的最

后一句话不是"数字"的一部分：它是数字的密码或者钥匙——这是从加密角度也是从音乐角度出发的解读（诗用7来书写，就像我们用 si 大调或者小调的来写奏鸣曲）。这样看来，马拉美曾希望让7脱颖而出，与其他数字区别开来；可当他没法写一首仅由7个词构成的诗时，他才用诗的最后一句来区别性地表示数字7，用7反映"数字"。如果我们的直觉是正确的，"数字"作从第一个词到最后一个词"加冕"的词数的总和，隐藏着7这个数字，而7是有意义的数字。①

密码的漩涡

《骰子一掷》的规则不仅由一个数字——埋伏在最后一句诗中的数字7——也由一个表示其他文字之和的数字（7将是这个数字的关键）一起组成。当我们说7在"数"中是根本性的存在时，我们想表达什么呢？第一，在《骰子一掷》中有大约几百个词。"数字"的形成得到了3个数的支持。比如，如果"加冕"是"诗"的第777个词，

---

① 我们注意到，在最后一句之前的那句诗也包含7个单词：à quelque point dernier qui le sacre。如果我们的假设是正确的，那么《骰子一掷》将会以对称的格律结束全诗。

那么 7 肯定是其中重要的组成部分。还会有其他可能性吗？要说马拉美诗学思想中还有另一个马上说得出意义的数字，那便是 0 了。0 与 7 有关。显然，7 代表了虚无或者出现了小熊星座的黑夜。这给"加冕"一词的位置提供了别的可能性：第 700 个，第 707 个，第 770 个。

但即使我们找到了这四个数字（777，700，707，770），要想确定总和与诗歌之间标志性的联系，也还需更多证据，否则这种结论只能沦为一种偶然。为了确定马拉美推敲过字数，我们应当在《骰子一掷》里找到一些它与其中某个数字存在秘密联系的暗示。这是一个"数字"的"字谜"，它藏身于诗歌某个段落之中。因此，我们需要对数字以及密码进行双重验证：不仅根据算术规则，也要根据文本内容进行验证。如果我们得出了这样的结果，那么加密的手段将能得到肯定。而这种讳莫如深的加密一旦解开，我们便能准确解释诗的晦涩内容。

* * *

可诗里确实存在晦涩难懂的部分：《骰子一掷》文本正中的第 6 "页"。

COMME SI

   Une insinuation simple

         au silence enroulée avec ironie

               ou

                 le mystère

                       précipité

                           hurlé

dans quelque proche tourbillon d'hilarité et d'horreur

         voltige autour du gouffre

                 sans le joncher

                     ni fuir

               et en berce le vierge indice

                       COMME SI

似乎

   一个简单的暗示

      寂静被讽刺笼罩

           或者

           奥秘

               经过沉淀

                 透过咆哮

几尺之外作为闹剧和灾难的漩涡

     飞过环绕深渊周围

            不将之填满

               也不逃避

             而是探索原始的痕迹

                      似乎

这两页描述的是主人翻船之后被漩涡吞没的场景。一条"原始线索"在其中幸存了下来，它将指引我们寻找主人行动背后的"秘密"。（如果主人掷出了骰子，我们便会忽视他的行动。）我们在后两页——第 7"页"——里发现，这条原始线索是一根羽毛（一种羽饰）。它既是疯狂作家的清晰标志，也是主人（主人帽子）留下的为数不多的未被大海吞噬的痕迹。同样在第 7"页"里，我们见证了一场短暂的加冕仪式。这是一场作者缺席的加冕：羽饰片刻前还挂在帽子上，而帽子已经消失不见。这个场景暗示了某一方的胜利，可它的意义却被我们忽视了。为了解释这一点，我们必须理解上一刻发生了什么，第 6"页"上写了什么。

在这一页上，作者其实绕了一个弯，借用象征手法来表现他眼中的"砍头"。"砍头"的主题不断地出现在他的作品中：脑袋与身体的分离象征了精神与自然的分离。马拉美在 1864 年的一首散文诗《可怜的孩子脸色苍白》（Pauvre enfant pâle）① （诗的原题为"头颅"［La tête］）里描写了一位穷苦人家的孩子在街头卖唱，上气不接下气的场景，他幻想这个孩子总有一天会沦为罪犯而人头落地。这其实是他根据词组"唱坏嗓子"（chanter à tue-tête）的

---

① 《全集卷二》，第 88—89 页。

字面意思而展开的联想。马拉美所说的"天鹅的咏唱"（chant du cygne）便是如此：为了达到纯净（pureté）的境界，诗歌的咏唱要求我们振奋精神，向着到不了的天际不断提升境界。而纯净同时意味着精神与俗世（身体代表了俗世）的分离，人的生离死别。我们也在《依纪杜尔》里再次见到了"纯净"这个致命的主题："人面蜘蛛像"（buste à la fraise arachnéenne）。它也是依纪杜尔精神成就（Devenir Esprit）的象征。然而，埃罗底亚德不断重复的工作正展现了这种痴迷，甚至上演了一出《埃罗底亚德的婚礼》。序曲部分里，当刽子手斩断施洗约翰头颅与身体联系的时候，他的头颅正高唱赞歌。我们可以把施洗约翰看作新约的唯一先知——唯一一位真正的基督教先知：只有他预示了救世主的降临，其他使徒和殉教者只不过见证了救世主在当下以及过去存在的痕迹。为此，马拉美才把施洗约翰被斩首作为诗歌写作的标志，因为它把诗歌写作推向了最高境界的"纯净"，它展现了诗歌写作最强烈的期望。斩首所代表的救赎在这里完全属于世俗的范畴，但它正告诫我们：写作是一项同样艰苦的事业。

是这一场精神的审判让《骰子一掷》横空出世。第4"页"上，"灵魂/将他掷入/暴风雨中/收回连词符，挺起胸膛"（Esprit / pour le jeter / dans la tempête / en reployer la division et passer fier）：主人刚刚推测出"唯一数字"即将出场的时机，他手持骰子。所以，主人正要变身为"纯净的灵魂"（Esprit pur）。他掷出了骰子，得到了总和（假设骰子数和《依纪杜尔》一样都是 2，那么结果将有两个），也接受了死亡：他勇于赴死（passer fier）。这个过程开始的标志便是具有象征意义的斩首。大海几乎淹没了主人整个身体，他只剩脑袋还露在水面上，这颗脑袋上溅满了海水的泡沫。一束水流"战胜了主人／像捋顺的髯须"（enhavit le chef / coule en barbe soumise）。白色的髯须不仅暗示着主人公于一瞬间迅速衰老，也形象地代表了主人即将面临的死亡威胁。在后两页——第 5 "页"——中，他的脑袋仍是"派不上用场"（inutile），因为它任凭身体沉入海中，似乎与身体天水相隔。他仅凭一只手僵硬地握着骰子，侥幸将之举过头顶。很快，主人彻底消失了。但以斩首结束的审判将升华为一种高阶的精神形式，因而得到延续。浮在水面上的主人公的帽子和羽饰便是延续的标志。

让我们回到第 6 "页"。这个双页是"诗"的中间页，因此将"诗"平分成两个部分。每个部分的页数，也就是12，诱导我们把整首"诗"理解为一首二行诗。带有韵脚的十二音节诗按交错排列（chiasme）的结构构成这首二行诗：第一句诗以"骰子一掷"（Un Coup de Dés）为头，以第一处"似乎"（comme si）为尾；第二句诗以第二处

"似乎"为头，以后一处"骰子一掷"为尾。马拉美认为，相比于古典韵体诗，现代的韵体诗（主要指法语韵体诗）因它的韵脚而有双重优势：诗节，以及二行诗的形式①。在规则格律的暴力之下，"美"的中心包含了空虚、空白。这也是所谓的"现代"：两句诗之间的空白既是分割线，也是让两者产生共鸣的联系。此外，第6"页"上，描写海难漩涡的文字占领了书脊线，让书脊线扮演镜面的角色，分隔在镜子两侧的是"好像"与"好像"。诗句的韵脚听起来无可挑剔，却违反了规则：一般情况下，两个相同的词或词组不能放在诗句句尾。

自由诗的主张者们对韵脚不屑一顾，马拉美则以这种讽刺的方式维护韵脚。同时，他也维护诗歌的格律。既然主人在沉入海底之前已经把骰子掷了出去，精神的审判也举行完毕——老翁受到斩首刑后只留下了象征性的"首级"：帽子和羽毛。我们苦苦寻找的"唯一数字"和它的"字谜"便藏身于这两个单页之内。为了证明这个观点并且找出玄机，我们必须绕点远路，多花一点时间，从《埃罗底亚德的婚礼》的序曲着手。继1896年的初稿之后，诗人并未停止对这篇"残作"进行加工，直到1898年死亡仓促地夺走了他的生命。但马拉美仍见证了《骰子一掷》

① 《庄严仪式》（Solennité），见《全集卷二》，第200—201页。

最后一个修订版本的落地。我们在"序曲"的开篇读到了一句同样被两个连词"如果"（si）架起来的句子。这样的对角线关系与第 6"页"上""似乎"（comme si）的结构大同小异：

Si. .①

Génuflexion comme à l'ébloussisant

Nimbe là-bas très glorieux arrondissant

En le manque du saint à la langue roidie

[…]

On ne sait quel masque âpre et farouche éclairci

Triomphalement et péremptoirement si ②

如果……

向耀眼的光芒屈膝致敬

光芒环绕成神圣的光环

---

①　这儿的省略号只有两个点，这是马拉美刻意所为："大师认为三点太不入流。他总是让排版工删去一个点。"这话出自爱德蒙·博尼奥之口（1893 年 1 月 31 日），后被收录于戈登·米连（Gordon Millan）的《斯特芳·马拉美的星期二》（*Les "Mardis" de Stéphane Mallarmé*. Paris：A. G. Nizet, 2008），见第 82 页。

②　《全集卷一》，第 147 页。

而圣徒不见踪影

……

我们不知道哪张粗糙又丑陋的面具得到了清洗

以一种胜利者的姿态和不容置疑的方式

这段诗像是很长的一段题外话，打断了从第一个"如果"（si）开始的条件从句，并使得从句从第二个"如果"重新开始。第一个"如果"之后的省略号加强了它与表现了漩涡的那"页"的联系，因为两个"似乎"（comme si）构成了作用相同的断句法：我们得到的句子句法结构统一，但未能表达完整的意义（似乎……）。之所以我们只截取了被"如果"包围的一段诗句，是因为即使为了抓住关键内容，我们也没有必要逐句解释。

首先，让我们引用贝特兰德·马尔乔（Bertrand Marchal）对诗的注解：

"如果"的开场把《埃罗底亚德的婚礼》设定为一个虚构故事，使得诗歌在第 14 行之前悬而未决。从第 14 行开始，条件从句出现了，它的动词位于第 25 行……在两个"如果"之间，前面的 14 行诗用象征手法安排好了"婚礼"的布景。但这个"如果"（si）不仅奠定了文本的基调，也让我们联想到了音符里的

"si"。我们清楚它的源头是 Sancte Ioannes，也就是"施洗约翰"①。

我们正处于这项研究的关键转折点。马尔乔的话使我们发现了"如果"一词的三重含义：它既是表示假设的连词，也是一个音符，更是施洗约翰名字的首字母缩写。在主人接受斩首刑的那一刻，诗歌便已影射出先知的存在，尽管他除了帽子和羽饰，什么也没留在海面。我们可以得知，"似乎"（comme si）不仅是引导一句不完整的假设性从句的词组，同时更是完整的比较状语：似乎 = 像是施洗约翰（comme si = comme le side Sancte Ioannes）。标点的缺失造成了意义的模糊：读者们认为这是天马行空的含沙射影，所以需要含糊不清，并自发地加入省略号，好像"似乎"（comme si）这个词组只能表示"好像……"（comme si...）。然而，它的意义在于将主人幸存于水面的帽子和羽毛比作施洗约翰掉落的头颅。尤其是他的羽饰，就"像"（comme）苦行者的头颅。这是献身的标志，也是"纯净"的象征：两者宣告了一件未知的事件。如同施洗约翰预告了基督的降临，这象征性的死刑也预告了"唯一数字"即将出现。根据这种观点，海难的意义发生了根本的变化，

---

① 《全集卷一》，第 1225—1226 页：特此说明。

它不再是主人彻头彻脑的失败，而成为一场赎罪仪式：主人化身先知翘首盼望一种最高形式的救赎。

在继续讨论之前，我们最好捋一捋刚刚提过的 si 这个词的三种含义。我们不妨随意猜测 si 对马拉美的重要意义，但这在他最后一首诗《埃罗底亚德的婚礼》以及《骰子一掷》中已见端倪：它既是前者的第一个字，也是后者的关键词。si 凭借它的一语三关，仅以一词之势便概括了马拉美诗学思想的三个重要方面。它们也是《骰子一掷》的三个重要方面：

第一，虚构的角色。在《大都市》一版的按语中，马拉美将他的"诗"描绘如下："寥寥数笔间，万物化作假想；我们不讲故事。"① 书的中间这"页"上，连词 si 引进了以假设为中心的模式：《骰子一掷》里，"如果"（si）代表的是参照公理的表述方式，因而否定了叙述（narrative）的写作模式。第 3"页"上，词组"如果"（soit que）用数学假想的模式解释了上一"页"提出的"永恒条件"。在这条件下，骰子蓄势待发。换言之，大海带来的惊涛骇浪正是海难的理想条件："如果苍白、平静而愤怒的深谷"（soit que l'Abîme blanchi étale furieux）。于是，作者笔下的"似乎"模糊地影射着什么：骰子好像已

---

① 《全集卷一》，第 391 页。

经掷出去了，还是骰子根本没有被掷出去。在这种情况下，我们只能停留在捉摸不定的假设中。

第二，既然表示假设意义的"如果"（si）已到瓶颈，第二种解释便以胜利者的姿态向我们预告了一种全新的格律。此时，我们必须把 si 理解为施洗约翰的首字母缩写——姓名首字母组成的图案。词组"似乎"带我们观摩一场斩首刑。作为死亡和救赎的过程，斩首是一个特殊事件的预兆，只是我们对这个事件的意义仍摸不着头脑。或者，我们只有联系第三种解释才能解开谜题的面纱。

第三，si 是音符。现在我们需要仔细研究这第三种含义。

首先我们应该注意到，最后一种解释同样（间接地）影射了马拉美诗学思想中一个重要内容，那就是音乐与诗歌之间的竞争关系。我们知道马拉美不满于音乐对"歌唱形式"（chant）持有的特权。他认为乐器演奏的形式是"歌唱"本身的缺陷：因为器乐只能在听众的脑海中制造一种模糊的含义，而情感波动背后准确的含义总是潜形匿迹。而当音乐与人声为伴时，它所表达的情感更是飘忽不定，所以诗人认为音乐从来不能清晰地表达文字的意义。歌剧便是因为这个原因无法将话语与歌唱结合起来：歌剧的艺术只是促成了两者的重合与统一，组成歌剧的元素之间不仅不能相辅相成，更像沿着互不相交的平行线各自为政，同时使歌剧分别与歌剧剧本和乐谱拉开了距离。正是这种缺陷激发了瓦格纳（Wagner）的灵感。而在马拉美眼中，瓦格纳自诩"大同"的整体艺术，本质上不过是将音乐与来自音乐外部的北欧传说结合了起来，肤浅地在他的《四部曲》里再现了古老的北欧传说。只有诗歌能够真正使得思想与音乐合二为一，因为它仅用单薄的话语就创造了歌声。只有让音乐脱离"丝竹管弦"，它才能在诗歌中重获新生。诗歌甚至不需要大声朗诵便能让它的旋律（这完全是一种精神的旋律）开花结果：诗歌是"无声①的音乐家"。

然而，在1897年的按语中，马拉美明目张胆地把《骰子一掷》与乐谱②进行了比较。所以我们在研究"诗"的同时必须考虑到两种艺术形式的对立。诗歌可以给音乐，也给瓦格纳这位以艺术开拓新宗教的音乐家带来它的财富——歌声。这样看来，《骰子一掷》中可被看作音符的 si 似乎就是作者思想精髓的缩影。究竟哪种艺术才是它心仪的栖息之所？既然这个隐喻歌声的音符以文字的形式被记

---

① 《全集卷一》第25页中为"神圣的"（Sainte）。关于音乐与诗歌之间的对立，参见《音乐与文学》（《全集卷二》，第68及69页）以及《理查德·瓦格纳——一位法国诗人的幻想》，（《全集卷二》，第153—159页）。

② 《全集卷一》，第391页。

录下来，那么它实现了精神的旋律——而不是乐器产生的旋律——之后，我们还能把它送回诗歌的怀抱，让它重返寂静吗？我们要做的是确认这个新宗教的合理性的源头：一种可能是成为"整体艺术"（art total）的歌剧，另一种可能是以文谱曲的诗歌。山雨欲来，主人在预告了诗歌的加冕仪式之后被匆匆处决。

我们通过施洗约翰与 si 的比较，辗转推断出第三种解释。现在，为了证明 si 真的代表了音符，我们必须弄清"似乎"（comme si）在该条件句中的意义：在第 6 "页"中，我们可以把什么比作音符？

这一次，我们接触到了谜团的关键。居于页面正中的句子被两个"似乎"（comme si）包围了起来。马拉美着墨于音节［si］，为了让它带上神秘的色彩而不遗余力。这不仅为了直接影射出笼罩文字的沉寂（une insinuation［si］simple［si］au silence［si］enroulée），也是为了表现沉淀于文字的神秘（mystère précipité［ci］），更是为了探索"原始的痕迹"（vierge indice）。一切卖弄文字的举动只是为了鼓动我们去发掘，si 除了沉默（silence）之外，还能暗示什么。这样的 si 掉入中央的漩涡，在页面的下方映射出本体以外的另一个 si，就好像它是一个永远完整的谜团。除了告诉我们人头落地的主人具有预知未来的潜力之外，这个词会不会还给我们留下了"唯一数字"的"原始痕迹"——先知必须在他死后预告"唯一数字"的存在，因此这样的线索还从未被人发现？

答案当然是肯定的。重申一次，我们只需要解密一个充满童趣的密码（因为它给我们的暗示浅显易懂）：do 大调的音阶。

do	ré	mi	fa	sol	la	si	do
1	2	3	4	5	6	7	8

si 是基本音阶里第七个音符。所以 7 从算术意义看也是众所周知的音阶里 si 所处的位置。所以，数字的谜团得以形成，依靠的不过是以 si 代替数字 7 这个简单的障眼法。

我们了解了一件事：数字以 7 开始，以 7 结束，因为加密数字的程序以"似乎"（comme si）开始和结束。"似乎……似乎" = "7……7"。接下来，我们只要研究被两个"似乎"束缚的文字想要"加密"的对象即可。这样我们就能得到"数字"里的"中间数字"，让"数字"展现它的全貌。此处的比喻也很明显：我们所说的"中心文本"便是"漩涡"①。漩涡生于"诗"的中心，陷于书脊深处，

---

① 原文里提到了 tourbillon 和 gouffre，都表示漩涡。——译注

卷走了一切。我们怎样才能更好地表现一个循环、空洞的漩涡？既然包围漩涡的 si 是 7 的暗语，不如用数字 0 来表示漩涡？那么，"数字"的谜团便给出了一个确定的答案：骰子一掷的"数字"只能是 707。

假设、预言和数字：si 担起了重任，独自完成了这样的升华。

* * *

当我们谈到诗的最后一句话有 7 个词时，我们说过诗是"七言"的，就像奏鸣曲是 si 小调的。这样的说法可能比我们想象中更加贴切。把《骰子一掷》与乐曲进行比较是相当准确的切入点。因为只有在这种情况下，我们才能够"读懂"密码（déchiffrage），而不仅仅是"解开"密码（déchiffrement）：前者专门表示音乐家"解密"乐谱的行为。在我们的诗里，正是这样的行为将加密与 si 联系了起来，使 si 成了密码。

707

在确认词的数量是第一阶段的解读结果（以及证明我们的"数字"远在 20 世纪 60 年代成为远航波音机机身上

的数字之前就在《骰子一掷》的这片星空里熠熠闪烁）之前，让我们来读诗的下文，看看能否进一步验证数字为707的假设。

诗提供给我们的第一个证据位于第 8 "页" 和第 9 "页" 页面上方。我们已经分析过这句话了：soucieux / expiatoire et pubère / muet rire que SI /// C'ÈTAIT LE NOMBRE // CESERAIT // LE HASARD。我建议读者们体验一件事：打开诗，翻到第 8 "页"，阅读页面上方的内容，关注句尾的 muet rire que SI，然后突然翻到第 9 "页"。读者会看到，一句完全不同的句子扎根于文字内部。

> muet rire que SI : c'était le Nombre !
> SI 是无声的微笑：这正是那个 "数字"！

因此，"笑"（rire）不同于我们习以为常的理解。我们以为 "笑" 是为了有意挖苦：挖苦所有数字是偶然的结果，没有任何意义；以及挖苦骰子一掷没有任何意义，还不如没有发生。而 "笑" 表达的意义恰恰相反。"数字"刚刚产生——si 便是这个 "数字"（带给我们 707 中的 7–7），于是诗人因为他向读者投出的骰子而暗自窃喜。没人听到诗人偷笑①。

707 的第二个线索在第 5 "页"上。第 5 "页"在漩涡发生之前，描述的是主人最后一刻的犹豫。此时，他的头和手还露在水面。我们迎来了一位"姗姗来迟的远古恶魔"。作为诗歌的先祖，恶魔为了引导主人作出决定性的举动而在灾难破坏了诗句之后现身：主人已经"人头落地"，离开了他的肉身，并将遵照他"最重要的部分"——也就是马拉美称为"神性，即自我"② 的东西——而做出决定。我们猜测即将陷入水面的老者会做出正确的选择。还是说他违背了恶魔的意愿？原文如下："姗姗来迟的远古恶魔 / 已经 / 从虚无的国度 / 上升 / 老人发现了与概率有关的最高形式"（l'ultérieur démon immémorial/ayant / de

---

① 马拉美在这句话中暗示了音乐引以为豪的内容：muetrire que si 里包含了"音乐"（musique）一词的三个音节。讽刺的是"无声"（muet）一词包含了"音乐"的第一个音节。si 脱离了"音乐"（musique）来到了"诗歌"（poésie）一词中，所以 si 是两种艺术形式共享的音节，也是两者共同的追求。"无声的音乐家"的头衔，诗歌实至名归。si 是无声的（muet）：它更多的是精神层面的 si，而不是乐器演奏的 si。因此，《骰子一掷》以密码和无声的存在形式，完美地验证了马拉美在《音乐与文学》一文中对诗歌的定义："旋律的加密，致命的密码"（Chiffration mélodique tue）（见《全集卷二》，第 68 页）。

② 见《天主教》，载于《全集卷二》，第 238 页。

contrées nulles / induit / le vieillard vers cette conjonction suprême avec la probabilité）。经过我们解密之后，这些句子表达的意思变得一清二楚：恶魔命令主人从 0（0 是 707 的中间数字，是虚无的国度［de contrées nulles］）上升到挂在星空的 7。7 是我们扔出两个骰子后最容易得到的数字，所以我们可以用"与概率有关的最高形式"来称呼 7 这个数字①。

第 5"页"同样拨开了恶魔带来的"阴影"。诗中说："他幼稚的阴影/ 得到了爱护，被人润色……/ 散落于碎木板之间的硬骨上/ 诞生于②/ 一场游戏/ 大海顺利反抗先人，还是先人成功战胜大海/ 徒劳的尝试"（son ombre puérile / caressée et polie［…］soustraite / aux durs os perdus entre les ais / né /d'un ébat / la mer par l'aïeul tentant ou l'aïeul contre la mer / une chance oiseuse）。我们确定"它的

————————

① 这种解读的前提是，我们假设马拉美此时的概率知识要比写作《依纪杜尔》时完备得多（这也是可以反驳我们之处）。在《依纪杜尔》里，诗人把掷两次骰子得到 12 的概率说成是"1 比 11"，（une chance unique contre 11）（《全集卷一》，第 476 页），然而真正的概率应该是 $\frac{1}{36}$。我们认为 1869 年至 1897 年、1898 年间，马拉美差不多有近 30 年时间完善自己基本的概率计算能力。

② 这儿说的是恶魔。

阴影"（son ombre）在联通的作用下扩散为"它的数字"
（son nombre）。恶魔的数字707正散落在海难后的碎木板上
（les ais），在主人"骨头"（os）制成的骰子上，也在致命
的"sac d'os"——老者身上。"数字"正要过渡到一个新
阶段：它将忽视一般情况下骰子一掷的偶然性。它正经过
一个我们仍未了解的程序而成为偶然本身。这个过渡的过
程确定了主人的三段论以及三段论的结论："骰子一掷不
能改变偶然"。数字确实如描述一般出现了。它诞生于诗
人和汹涌的大海之间的"嬉闹玩耍"（ébat），条件是主人
耐心地叠加文字。第4"页"上，主人像一名疯狂的老年
玩家投入游戏的竞技之中（la partie en maniaque），进行着
"徒劳的尝试"（chance oiseuse）。现在我们知道，他之所
以疯狂，其实是因为他被自己精明的算计迷了心智。

* * *

最能清楚地证明我们观点的内容在第9"页"上。读
者在第9"页"上看到了"数字"：这是诗里第二次也是最
后一次提到"数字"，同时还是把"数字"描述得最为详
细的一次。"数字"以大写字母的形式荣耀登场于页面上
方。它被定义为"星空的结果"（issu stellaire）。随后，一
系列描述"数字"属性的文字从上往下"铺展"开来，而

用来表达每一个属性的是一个或者几个动词的虚拟式。虚拟式证明了"数字"的假设性本质。

C'ÉTAIT

issu stellaire

LE NOMBRE

EXISTÂT-IL
autrement qu'hallucination éparse d'agonie

COMMENÇÂT-IL ET CESSÂT-IL
sourdant que nié et clos quand apparu
enfin
par quelque profusion répandue en rareté
SE CHIFFRÂT-IL

évidence de la somme pour peu qu'une
ILLUMINÂT-IL

这正是

天空的结果

那个数字

它可能存在
不同于对于苦痛的各种幻想

它可能开始了又停止
一出现就遭到否定，一出现就遭到封锁
最后
以少衬多
它可能得出了计算结果

零星一点就能成为总和的证据
它可能点亮了

只要我们找出了它们描述的数字是什么，以及加密的密码又是什么，所有这些描述的内容都变得清晰了起来。issu stellaire 的表达方式说的是，由文字组成的闪烁的星云一步一步制造了"数字"，使得"数字"向词的总数逐步靠拢。句子"Existât－IL ／ autrement qu'hallucination éparse d'agonie"指明了理解"数字"所需的首要条件：老实承认数字存在的痕迹，因为它是一个真实的"数字"，而不是文字碰撞产生的火花投射在页面上的幻影。

COMMENÇÂ T-IL ET CESSÂ T-IL：诗从这儿开始描述"数"的结构以及 7 与 707 之间真实的关系。事实上 7 是首要的"数"（即使从算术角度看，7 是一个"数"［chiffre］），在 7 的基础上我们确定了次要的"数"：707。707 由 7 开始，由 7 结尾，7 圈起了位于中心那片废墟：0。于是，"数字"的循环性造成了"诗"的循环。"诗"以同样的文字开始与结束，它把这个结构总结如下："骰子一掷"（第一次掷出骰子后得到了 7）；位于"诗"中心的废墟＝0（它代表了诗册中间页［第 6"页"］上的书脊褶皱，或者说"海水的漩涡"）；最后一句话同样以"骰子一掷"结束（这是第二次掷出骰子，我们再次得到 7）。此外，707 也提醒了我们诗里韵脚的结构：在格律的号召下，7 与 7 在漩涡之上相互照应，超脱了自我。707 不仅维护了标准格律，也维护了计算规则；不仅是对"诗歌"循环本质的总结，也是对韵脚的辩护。它提醒了我们，"美"并不只在于重复，而更在于"交相辉映"的形式：韵脚的配对，也就是让句尾的音节因为相似而相互照应，超越存在于它们之间的空洞。

所以我们看到了一种辩证的关系——它当然不是黑格尔式的辩证。但我们实际从"一出现就遭到否定，一出现就遭到封锁/最后/以少衬多"（sourdant que nié et clos quand apparu / enfin / par quelque profusion répandue en rareté）这句话准确描述了第 7 "页"上发生的事：经由 si 加密的数字 7 先被漩涡否定（漩涡代表的是页面中间的 0），之后再次出现，结束（clore）了"数字"，创造了707。这个反抗的过程是辩证的，因为对 7 的否定的否定没有回到 7（在传统逻辑学中，双重否定的模式是 A = A），而是生成了一个新的结果 707。这个结果本身就包含了造成这种结果的丰富可能性。707 里浓缩了两个过程：以 0 否定 7，并再次拿出 7 来否定作为否定的 0。707 将"虚无"收入囊中，把它作为这个过程中一个重要的时刻。只是最终领导虚无的仍是"七重奏"（Septuor），数字 0 被数字 7 困住了：0 在得到认可的同时也被 7 限制。两个韵脚中间的空虚，用空白书写的虚无也出现在页面边缘。我们把它被当作危险的动物将之收服，怕它独自惹来祸端。虚无并没有被排斥在诗歌写作之外，也没有成为破坏可能性的中坚力量。它被注入诗行之中用来创作一首二行诗，最终目的在于禁止人们进行快速自我认同，因为这样的认同只是自困于一行诗内。与遵循"统一"（Un）的古典诗歌不同，现代诗歌运用韵脚在自己内部创造了一个空洞的空间，并借这个空间制造了里外互相回应的体系。循环出现的数字像一位独眼巨人，它中间的眼睛像一个空旷眼眶，成为美的源泉。

我们认为"数字"里存在空虚（vide），而它的出现是有条件的。这个假设把我们带往诗末的那片星云和它的壮丽景象：如果夜晚没有降临，那么也不会出现那片美丽的星云。假设的前提是夜晚的降临（白昼不结束的话，我们无法迎来星空）；我们还需要一些条件（我们要回避黑夜，也就是所谓的"神秘"的夜晚）。所以，让作为超验的古老神灵的消失便是新诗歌存在的条件：我们不再停留于永久的悼念，而是用虚无进行丰富的创造。空虚、数字 0 和夜晚便是沉寂无声的中心。上帝死亡后，诗歌围绕着这些中心旋转。直到我们看到单词 sourdre①（出处是 sourdant que nié et clos）向我们暗示了那场漩涡确实存在，是它在数字 7 重生前吞噬了 7：诗歌用文字游戏向我们暗示，si 太过"沉重"以致我们听不到它的存在。（除非诗真正想表

---

① 动词，意为"涌现"。——译注

达的是我们太"重"了)

但"数字"做出的"否定"也是诗人的否定,这也是诗人用"诗"里的密码隐藏的秘密。"数字"的"结束"也说明了数字正是通过隐秘的加法而达到的结果。文字寥寥无几的每"页"上,页面的空白占据了上风:这就是"以少衬多"(profusion répandue en rareté)的加法。于是,"以少衬多"的表达方式从它与"诗"的关系出发描述了"数字"的结构(这个表达方式就是诗歌的简化版模型),以及用密码制造"数字"并隐藏"数字"的模式。"数字"显示了 7 被淹没同时再次出现的过程;但"数字"自己也被淹没于密码的深海之中,等待密码解开之后重新回到水面。所以,"数字"出现了两次(第一次是作者用第二个 7 完成"数字"之时;第二次是未来的读者解开数字的谜题之时),但它出现的两次都在被否定的先决条件下:被第一个 7 之后出现的 0 否定,然后,被解密之前的密码否定。虚无就像影子一样跟随"数字",给了它史无前例的"双生"的机会。这是幸福的偶然,是马拉美的谋略。借"数字"的自我否定将它辩证化的过程也体现在"数字"的名字上:"七百零七"(sept cent sept)的发音与"七—无—七"(sept sans sept)一模一样。

结果不言而喻。SE CHIFFRÂT - IL / évidence de la somme pour peu qu'une / ILLUMINÂT-IL:只要读者脑海里

灵光一闪——显然数字的"和"是词的数量之和——那么
"数字"就会得到加密（加密的意思是说我们将密码解读
为数字7）。

当读者想通了这一点，难题也就迎刃而解。

* * *

诗歌对"数字"结构的最后一处暗示同样位于第 9
"页"页面底部。这里描述了最后那片星云的场景出现之
前羽毛被吞噬的情景。

Choit
    la plume
        rythmique suspens du sinistre
                s'ensevelir
           aux écumes originelles
naguères d'où sursauta son délire jusqu'à une cime
                flétrie
        par la neutralité identique du gouffre

倒下
   羽毛
      富有节奏但因灾难中断
                沉没于
        原始的泡沫
       它的狂热刚刚跃上山顶
        山顶的锋芒
       被深谷的中和性磨去

这种"狂热"（délire）属于诗人。它映射于诗人的理想之中，而诗人的理想镌刻于虚无之上："山顶的锋芒／被深谷的中和性磨去"（cime／flétrie／par la neutralité identique du gouffre）。他的理想指的是文学的"主要内容——否则便是乌有"，他曾在《音乐与文学》一文中提起所谓的"文学"的概念。"无"（la nullité）是二行诗的关键，是超验的象征。由于超验的消失，诗歌必须找到它的基础和顶峰。我们现在知道，数字 0 表现的漩涡正代表了虚无的中和性（neutralité）：0 之所以具有中和性不仅因为它参与"诗歌"里词数的计算（0 在加法中是中性的），也因为它的词根（neutre）：*ne uter*——既不是这一方也不是另一方。也就是说围住 0 的两个数字 7，以及顶峰中的任何一方都被存于中间位置的 0 削去了锋芒。最后只剩小熊星座为诗人指引方向，成为"顶峰"。夜晚本身便是漩涡，将"顶峰"吞没；夜晚更将它一分为二，与它声声应和，惺惺相惜。所以，它的美只来源于将它隔绝于自己之外的空虚。

总　和

所有证据都向我们暗示"数字"的真相就是 707。我们只需算一算文中有效的词数便能确认这种观点是否可取。

根据之前的说法，总和必须包括从"诗"的首词（排除标题）到"加冕"（sacre）的所有词。我们很少能够看到读者用基本运算——而不是用争议的方式——来肯定或者否定对一首诗的解读，而这恰恰是个万里挑一的机会。所以我们也要差使读者翻到书末（附录 2）一睹分列的词表。这样一来，读者便能自行得出判断："加冕"就是《骰子一掷》的第 707 个词。

遵从"数字"精神而算得的实际词数与我们从隐晦的"诗歌"中了解的细节完美吻合，我们没有理由再怀疑这纯属巧合。对我们来说，事实是确定的：为了得到"数字"，马拉美计算好了诗的单词数。我们见证了"加冕"一词的述行功能：他用写作表达"数字"并以写作本身对"数字"进行加冕。就在诗人给"数字"带来了最后一个必不可少的组成单位的同时，他也完成了对"数字"的加冕。

* * *

但是，关于马拉美的"计算"，我们只能止步于这个结论吗？如果马拉美在《骰子一掷》里展现了新的格律，那么他是否也在之前的诗里运用或者"测试"了同样的手法呢？这个问题值得深思。我们在核实事实的时候，不能仅仅关注那些与《骰子一掷》主题接近、创作于某个赋予这类"计算"意义的时代的诗歌：即从 1887 年起，也就是自由诗"危机"开始之后的创作。

然而，我们在《祝辞》（Salut）和《愁云》（À la nue accablante...）这两首八音节的十四行诗里发现了同样的"计算"。这两首诗常常与《骰子一掷》联系在一起，它们创作于我们期待的时代背景：1893 年至 1894 年间。两首诗的主题——譬如海难、塞壬、犹豫不决的假设——也被马拉美再次运用在《骰子一掷》中。显然，它们就是为 1898 年的格律试水的实验之作，我们后面会讲到这一点。

《诗》（Poésies）发表于 1899 年，是马拉美的遗作，是他最后一部诗集。而《祝辞》① 拉开了《诗》的序幕，将诗人的宴会比作帆船的起航：帆船冲入愤怒的大海，海上有"一位位翻腾的塞壬"（sirènes mainte à l'envers）。在饶有兴味的两首诗里，这首十四行诗带给我们更多的希望。它用一句话完整概括了《骰子一掷》里斗争的过程："孤独，暗礁，星辰"。这个漫长的过程在这句话里得到了最大程度的去繁就简，使得作为诗人胜利标志的星星加快了动作，在暗礁触发海难之后骤然登场。因此，当我们知道

---

① 诗的原文以及对诗歌的解释见附录一。

这首诗用它的总字数——共 77 个词①——来表现星云时我们也用不着大惊小怪。

无题之作《愁云》②作为《诗》里倒数第二首诗，回应了诗集的开篇之作。第一首诗关注救赎后带来的盛世升平；而这首诗表现的是极度阴暗的一面：乌云轰轰作响，盖住了翻腾的大海，一艘船似乎被海水吞没。但没有任何事是板上钉钉的：可能根本就没有海难，可能什么都没有发生；或者一切只不过是"塞壬"的幻象，而我们把它的肋骨（flanc）③当作了泡沫的痕迹。换言之，身处如此灰暗的时刻，我们甚至无法以前所未有的天灾，拿以上帝之死为前提的灾难作为借口，来表现诗歌的绝对性失败了。对后浪漫主义时代的人来说，连这"负面的情绪"也变得遥不可及，因为他们长期接受了工业资产阶级的散文腔以胜利者姿态发出的无限冲击。然而，诗歌出航后遭遇的失事——最高级别的海难中的海难——仍是一场低调的救赎。海难里出现了一位女妖（塞壬）：她逃离了当时"蔓延开来的空洞的深渊"。当现实让人绝望时，虚构体现出来的

① 与《骰子一掷》一样，我们没有将标题字数计算入内。

② 诗的原文以及对诗歌的解释见附录一。

③ flanc 既可理解为"肋骨"，也可以理解为"翅膀"。——译注

显著价值正是它"不存在"。既然塞壬并不存在,那么她也无法被当时中和一切的大海(0)所吞没。

从一首十四行诗过渡到另一首十四行诗的时候,消极的内容逐步展开。《愁云》与《祝辞》不同,这首诗不只有 7,而是将 7 与 0,也就是星云与虚无结合在一起,因为它共计 70 个词。这一点并不奇怪。

总之,1899 年面世的这本诗集以乐观的态度开场,而后将 0 植入一首几乎位于诗集末尾的诗中。尽管《祝辞》里的星云以纯洁、完美的姿态出现于"致意"之后,我们却看不到同样的仪式出现在《愁云》中。这是因为 77 给我们的希望并不能持续太久:它就像是一种妄想——妄想以七颗星星本身微弱的光亮与白昼抗衡,妄想以七星演绎的七重奏为诗人九死一生的冒险经历高歌一曲。救赎的仪式更多是指,未来的诗歌将接受虚无和夜晚,并为了延续这种时代的空虚,而把它转化为具有颠覆性质的虚构。这也就是将周围的"无",环绕的"空虚"化为黑暗的背景。然后,我们便能看见星星闪烁,如萤火一般微弱。而脆弱正是美之所在:这就是数字 70 表达的意义。要完成这个数字变化的过程,格律必须摆脱那个年轻的塞壬虚构故事而回归《祝辞》颂扬的空中景观:70,77,707——救赎的宣告(77)、海难之中的海难(70)、"数字"降临(707)。格律完成之时,韵脚的结构也得到验证。于是,"数字"

向我们展示了它诞生所需的三步推理，就好像"数字"本身必须是辩证的。

这两首十四行诗最初发表的时机也能说明问题：《祝辞》发表于 1893 年 2 月 15 日，《愁云》发表于 1894 年 5 月 15 日。这两个日子都与传说马拉美撰写"书"的笔记的那段时间契合。这些笔记上既留下了马拉美歇斯底里地计算影响阅读的数字的痕迹，也含蓄地记下了 7，也就是诗歌内容的数字规则（上面只有 12 和 5）。真相终于大白：经过"书"的草稿里的前期探索，马拉美从 1893 年开始实验性地把算术偷偷融入了诗歌之中。在他谨慎地在这两首十四行诗里应用数字之后（比《骰子一掷》更加谨慎，这就是这两首诗与《骰子一掷》有几分相似的原因），1898 年，这种手法终于成熟了。

根据我们的判断，比《愁云》早一年发表的《祝辞》是马拉美第一次使用数字规则限制诗歌。此后，诗人也用这些规则设计了《骰子一掷》。因此马拉美给了《祝辞》如此特殊的地位：最后一本诗集的开篇之作。不仅如此，这首诗第一次的朗诵现场正是在 1893 年 2 月 9 日，也就是出版日的一周以前，《羽笔》（*La Plume*）杂志的第七次集会。除了塞壬和星星，诗歌中也出现了数字 7 和羽毛，它们具有象征意义，它们是诗歌选词的条件。但诗人首次"公开"他的诗作时，他对数字的执着却不为人所知。诗人最后放弃了以《干杯》（Toast）为题而决定以《祝辞》（Salut）为题，这不仅代表他要向那个时代的诗学框架告别，也代表有朝一日他还能够获得救赎。救赎指，他所做的事情能够获得认可，并且他"疯狂的行为"① 能够获得原谅。

* * *

人们有理由认为，统计《愁云》和《祝辞》的词数的做法并没有依据。《骰子一掷》包括 707 个词不是简单的偶然，因为算术的结果也是文字内容暗示的数字。但我们刚刚提到的两首诗里并没有用任何篇幅暗示 77 或 70 的存在。所以我们可以把算术的结果当作是纯粹的偶然。

我们应该衡量是否存在"概率"的问题：一首八音节十四行诗——更准确地说，是一首马拉美式的十四行诗——由 70 或 77 个词组成的事实是否纯属偶然？如果我们回到 1899 年的《诗》，那么我们会在另外 9 首八音节十四行诗中发现唯一一首同样包括了一个计算数字的诗，但

① "难道您不认为这是疯狂的行为吗？"（Ne trouvez-vous pas que c'est là un acte de démence ?）：这是马拉美让瓦莱里过目大都市版修订稿时对瓦莱里说的话。参见保罗·瓦莱里（Paul Valéry），《骰子一掷》（《 Le coup de dés 》，in *Variété* II ）。

这个数字属于偶然①。所以，我们无法用如此小规模的采样数据来推算概率（不然我们的推理可能会变成"马拉美式的十四行诗有九分之一的机会由 77 或 70 个词构成，所以纯属偶然"）。

但是，有两个因素否定了它们纯属偶然的这种可能。

首先，问题的关键不在于统计字数。如果这两首与《骰子一掷》有关的十四行诗的总字数不是偶然出现的，那么原因不是八音节十四行诗以极低的概率恰好得到了这样的结果，而在于《骰子一掷》里显示的密码，它用诗歌的主题和算术将三首诗联系了起来，创造了纯粹的偶然。按照我们的观点，诗歌的偶然——而不是统计学的偶然——体现了马拉美对数字的"关心"。

此外，如果我们观察贝特兰德·马尔乔整理的两首诗的手稿，我们会发现手稿的版本不多。其中的亮点在于，不同的版本得出了一致的计算结果。《祝辞》共有三份手

---

① 《Tout orgueil fume-t-il du soir ...》一诗包括了 77 个词。有两个理由让我们认为这只是一个巧合：（1）这首诗发表于 1887 年，也就是自由诗崭露头角的初期，当时马拉美还没有意识到这么沉重的危机时代已经来临（更多内容参考我们对《以 x 为韵脚的十四行诗》的分析）；（2）诗歌没有涉及任何与《骰子一掷》相关的主题。

稿，其中两个版本都只是一些文字上的替换①；《愁云》的一个手稿版本上体现了更多的改动，但两个版本之间互相妥协，最后让字数保持一致②。这样的发现支持了我们的观点：文字的数量是诗歌写作的隐秘的限制条件。

---

① 第一个不同在于标题，但标题本来也没有考虑在字数之内：在斟酌题目时，《干杯》早于《祝辞》，但《诗》里采用了后者（刊登于《羽笔》的第二和第三个版本里，标题还提到了"Pl"一词）。第二个不同在第十行的定冠词上："没有害怕船的纵摇"（sans craindre le tangage），而诗人在最后定稿时选用了物主形容词："没有害怕它的纵摇"（sans craindre son tangage）。三份手稿的收藏情况可参见贝特兰德·马尔乔在《全集卷一》第1145—1146页的注解：手稿1，雅克·杜塞文学图书馆，编号MNR Ms 1187；手稿2，特殊收藏；手稿3，路易·克洛伊私人收藏。

② 我们计算了手稿1的三处不同：

（1）最终版第5行为"Quel sépulcral naufrage"；手稿1为"Quel néant ô naufrage"多了一个词；

（2）最终版第7行为"Suprême une entre…"；手稿1为"La suprême entre…"同一行表达不同但字数相同；

（3）最终版第11行为"Tout l'abîme vain éployé"；手稿1为"Le courroux vain éployé"，少了一个词。

多了一个词（1），三个词被替换（2），少了一个词（3）：手稿1与最终版的字数相同。参考贝特兰德·马尔乔，《全集卷一》，第1205—1206页（手稿1，雅克·杜塞文学图书馆，编号MNR Ms 1207）。

* * *

那么关于以 x 为韵脚的十四行诗我们能谈论些什么呢？它是常常与《骰子一掷》扯上关系的第三首十四行诗。这不仅因为《骰子一掷》最后一句诗里提到"可能"（peut-être），也因为诗末的七重奏点亮了空荡荡的客厅，而"主人"最终泪洒"斯提克斯"（puiser des pleurs au Styx）①。诗的第一个版本创作于 1868 年，远远早于自由诗的危机。但在 1887 年 10 月，马拉美给出了第二个版本，它收录于《诗》的石印印刷版中：唯有这个版本得到了发表。而此时，马拉美已经读了几首最早的自由诗：先是发表于 1886年的杂志《潮流》（La Vogue）上的自由诗；然后是于维埃雷-格里芬（Vielé-Griffin）的《天鹅》（Les Cygnes）（1887 年 2 月 23 日马拉美向维埃雷-格里芬写信，向他致敬）；最重要的是古斯塔夫·卡恩的《移动宫殿》（Les Palais nomads），这是第一部收录了自由诗的诗集。卡恩于同年 6 月 7 日或者 8 日收到了马拉美的作品。以 x 为韵脚的十四行诗很可能也偷偷地采用了计数的方式来响应新的诗歌形式。如果是那样，开创新格律先河的就不是《祝

---

① 参考附录一里这首诗的原文与解释。

辞》，而是这首诗。

　　但事实并非如此。理由有二：首先，马拉美似乎是一步步逐渐意识到自由诗危机的严重性。1888 年 1 月 22 日，马拉美将这种危机称为"当下的闹剧"，他当时仍只是把它当作年轻人的潮流现象。"诗的危机"（crise du vers）这样的说法直到 1889 年才出现在他的笔下——记录于 5 月 4 日写给安德烈·封帝纳（André Fontainas）的一封信里。1891 年，诗人才第一次公开谈论他对这一事件重要性的认识：他与于勒·于雷的谈话发表于 1891 年 3 月 14 日的《巴黎回声报》（L'Écho de Paris）；《法国的诗与音乐》发表于 1892 年 3 月 26 日的《国家观察者》（National Observer）[1]。所以，我们很难想象马拉美在 1887 年就开始以一种撼天动地的方式回应这场危机，更难想象他创造了一种足以掀起新诗体浪潮的格律。

　　第二个原因不在于时间，而在于诗的结构。这样的诗歌实际上存在着无论如何都无法跨越的问题。前两首诗（《祝辞》《愁云》）是八音节诗，八音节的十四行诗共 14 行，每行 8 个音节，共计 112 个音节。然而，以 x 为韵脚的十四行诗是十二音节诗，它共 168 个音节，比一首八音

---

　　[1]　关于这场危机的重要事件，参考米歇尔·穆拉，《马拉美的骰子一掷》，第 13 页。

节的十四行诗多了 56 个音节。十四行诗里音节的长短意义
重大。多出的音节使得字数无法符合 70 或者 77 的要
求——除非人为加上 3、4 或 5 个音节。十二音节的十四行
诗有 100 多个词，所以一般来说它的字数以 9（九十几）
或者 1（一百多）开头。这样的数字在马拉美的诗里并不
能代表什么特别的意义。实际上，1868 年的版本有 111 个
词。如果诗人刻意给诗套上新的数字规则，他必须"破
坏"早期的十四行诗，删去三十多个词以符合他晚期才建
立起来的格律的新概念。这也就是 1887 年最终版本无法以
文字数加密的原因。因为字数是 104，与 7 没有任何关系。

《大都市》

那么，我们在《骰子一掷》的第一个版本——1897 年
的《大都市》版——中发现了什么呢？我们在 1897 年与
1898 年的两个版本之间发现了 35 处不同，但它们的变化
都不大，甚至微不足道。这些不同不过是替换一句话里的
一个或几个词、调换一个或几个词的顺序；改正印刷错误；
调整某些词大小写的变化；1897 年版里 4 个括号与一个破
折号消失于未加标点的最终版本。我们反复提到了 1898 年
版里对 707 的暗示（第 6 "页" 上以 "漩涡" 卷起的文字
游戏，第 9 "页" 上罗列的数字的特征，等等），这些暗示

也同样出现在了《大都市》版里。所以马拉美从 1897 年起就对加密的手法有了想法。但很有可能的事，马拉美的算术技巧在第一版里还没有完全成熟，我们接下来会继续讨论。

　　我们看不到《大都市》版本的手稿，只能参考经过修订的校本。但如果我们算一算未经修订以及经过修订的校本的字数，我们发现最终版比这些修订本少了 12 个词。不仅如此，最终版里还出现了奇怪的句法结构，原因可能是诗人强行将数字的限制套用在诗里。1897 年，马拉美写道：naufrage cela direct l'homme ／ sans nef ①——而不是 1898 年的 "naufrage cela ／／ direct de l'homme ／ sans nef"（海难 ／／ 他本人的海难 ／ 不见船舶的踪影）。1897 年，诗人在后来成为 "漩涡" 的那一 "页" 上写下：Une simple insinuation ／ d'ironie ／ enroulée à tout le silence ／ ou ／précipité ／ hurlé dans quelque proche tourbillon ②。它比最终版 " ou le

---

　　① 《全集卷一》，第 395 页。

　　② 《全集卷一》，第 397 页。（特别说明）我们在未经修订的校本上发现了有趣的东西。马拉美先是写下了下面这句话，随后又把它删了：Une simple insinuation ／ légère voulant rester ／ d'ironie enroulée à tant le silence ／ de ce que ne convient pas de dire ／ ou ／ précipité（见《全集卷一》，第 1321 页）。既然 insinuation（暗示）与 silence（无声）指的是无须言明（ne convient pas de dire）的话，这也就是点明了 "谜题" 或者 "秘密"。这样的写法太过直白，所以马拉美才会删去这样的表达。

mystère / précipité / hurlé " 少了一个词 " mystère",而《大都市》版里缺失的主语并没有被另一个词代替。因此，我们不知道那两个阳性的分词 précipité 和 hurlé 除了 silence，还能修饰什么主语。句子结构存在瑕疵（silence 理应以指示代词的形式出现于下一个主句里），使得我们也没法理解 silence hurlé 的意义。所以第一版里我们看不出什么端倪：校本上没有算术运算留下的清晰痕迹，数字的限制也没有在句法上充分体现出来。

1897 年印刷版的计算结果到底是多少呢？乍看之下，结果与我们的期望不符：《大都市》版只有 703 个词。它与 1898 年版的本质区别在于，1897 年版里"加冕"一词前有四个标点：如果四个括号可以被算作四个词，那么我们仍能得到数字 707。眼下，想要明确分辨解读《大都市》版里的数字的两种方式，我们会面临重重困难。但我们仍将试图证明其中一种比另一种解读更加可靠。

首先，我们假设马拉美在 1897 年的诗里采用了与 1893 年和 1894 年的两首诗不同的计算单位。诗人为《大都市》版制定的规则将其中很少出现的标点符号纳入计算体系。随后，他改变了主意，把 1898 年的最终版里的标点统统删去。为了避免了计算规则的混乱，他采用了只计文字的算法。所以计算的规则曾发生过变动：在 1897 年至 1894 年写的八音节十四行诗发展为 1898 年版的《骰子一掷》——后者只计文字的总和——的过程中，马拉美还在1897年进行了另一次尝试。他把《大都市》版里所有的词与四个标点一起算入总数。我们必须指出，在这种情况下，马拉美应该删减过1897年校本里的文字，因为只有这样才能达到他认为完全符合最终规则的总数①。这种说法站不住脚的原因在于我们找不到马拉美两首十四行诗到《大都市》版《骰子一掷》改变规则的具体理由。特别是与《愁云》的对比让人不禁大跌眼镜。马拉美还删去了诗里的标点符号，只留下两个括号（以及两个括号里面的逗号）：

————————————

① 我们提到《大都市》版除了四个括号之外还有第五个标点，但它出现在"加冕"之后。1897年版最终程序为：

avant de s'arrêter
à quelque point dernier qui le sacre –

Toute Pensée émet un Coup de Dés

最终停泊在
为它加冕的最后地点——

一切思想如同骰子一掷

出现在"加冕"之后与最终的结论之前的破折号，它的作用显而易见。马拉美认为破折号提示了算术的终止：算术结束于"加冕"，从下一个词开始是从零开始的新的算术。所以，707的总数与7彻底分道扬镳，因为707代表的是"数字"（Nombre），而7代表的是其中的"数"（Chiffre）。但1898年版里却没有破折号的影子。没错，这是为了避免计算规则的含糊不清。我们会在第二部分继续讨论删去破折号的重要意义。

为了保证得到合理的数字，我们不能把标点计入总数。从这个角度考虑，我们倾向于第二种解释，虽然它看起来不够体面，但可信度却增加了不少。

第二，从 1897 年到 1898 年，诗人没有改动算术规则。那么可能马拉美只不过在校本和《大都市》的印刷版里犯了一个低级的错误。这样的猜测并不让人意外，毕竟他的创意过于出奇。马拉美是第一次在诗里进行如此大规模的字数统计，为了水到渠成，他发明了别出心裁的创作手法，不仅把文字作为"发光"（éclatée）的工具，还不停地变化排版形式（他第一次提到这种手法是在 1895 年夏天写的《"书"，精神工具》一文中，但他当时还停留于理论阶段）。尽管 1897 年版里句法的不妥（我们之前提起过）在 1898 年版里得到修正，我们可以发现，完全应用新的限制条件的做法使得马拉美捉襟见肘——至少诗人第一次从整首诗的层面进行加密时的情况是这样。另外，他还需要遵守向期刊送稿的截止日期。其实，《大都市》于 1896 年 10 月就向马拉美约稿，马拉美则于 1897 年 3 月将诗作寄出。我们忽略了一件事：如果马拉美在答应期刊约稿之前就已经着手《骰子一掷》的创作，他就只有几个月的时间来完成这个即便在今日看来仍旧耗费精力的作品。所以这个版本里的数字出了差错（最终版更正了这个问题）完全在情理之中。我们只需脱离软件——这是我们已经采取的方

式——来踏踏实实地计算《骰子一掷》的字数，就能切切
实实地想象到这样的创作形式要万无一失简直难于登天。

我们必须补充最后一个重要的发现：留在 1898 年最终
版的校本上的线索也证明，马拉美犯了错。从 1897 年 7 月
到 11 月，《骰子一掷》最终版的校本印发了至少 5 份。然
而，在这些书样里，马拉美只对两处进行了修改。修改幅
度之小与我们印象中的完美主义者形象有很大出入①。从
1897 年 7 月到 10 月，这个版本几乎像 "刻入石板中" 一
般一点也没有改动（gravé dans le marbre）。直到第四个校
本，诗人才将两个字母改为大写（Abîme, Fiançailles），并
改动了两处文字。其中，只有一处文字的改动影响了字数
（多了一个词）：马拉美用 l'aïeul（先辈）代替代词 lui
（他），组成了第 5 "页" 上的词组 l'aïeul contre la mer（先
人想要战胜大海）。所以，马拉美一直以为问题已经解决
完毕，很晚才意识到算术题还少一个词。这也是前面三个
校本完全没有改动的原因。字数出错（不管影响多小）可
能影响 1898 年的版本；而另一个错误影响更大，它也有可
能最后破坏《大都市》版。

---

① 参考贝特兰德·马尔乔的解释（《全集卷一》，第 1324
页）。关于这两处变动，见《全集卷一》，第 1325—1326 页。

小　结

第一部分在此告一段落，我们将分析所得的结果总结如下：

（1）最终版里存在密码几乎是确凿的事实，不论从文字还是算术角度都能找出证据。第9"页"上诗人对"数字"的思考让我们更加确信第6"页"上的减法与漩涡此呼彼应。这样的关系无疑为707提供了证据，让我们相信707就是主人推演所得的"数字"。

（2）得出这个结论的另一个论据是，两首与《骰子一掷》相似的八音节十四行诗里同样出现了"减法"：《祝辞》（77个词）以及《愁云》（70个词）同样创作于自由诗危机的背景之下。这说明了马拉美从1893年开始，也就是发表《骰子一掷》第一版的四年前起，就开始使用这种写作手法。

尽管论据不少，《大都市》版（703个词）所得的总数并不拥护我们的观点：可能是因为诗人对算术的规则仍有犹豫（文字与括号是否一同计入总数），也可能是（更可能是）因为他要将文字计数应用在这样一首诗上时难免心有余而力不足。

* * *

我们证实，诗人确实对诗歌进行了加密，但我们还面临一个更大的挑战。要想领会马拉美所认为的诗歌的本质，我们必须致力于解决这个问题：为什么诗人要进行这样的加密来回应自由诗的危机？为什么他认为 707 称得上所谓的"不可替代的唯一数字"？我们接下来要做的便是从另一种角度分析《骰子一掷》以及我们已经总结出来的那些结论。

第二部分
捕捉无限

即使密码已经真相大白，"数字"抛给我们的问题也远远没有得到解决。我们始终不明白的是，为什么707不同于其他所有数字，是独一无二的，是不可替代的唯一数字。它的象征性本质远远不足以树立它追求的唯一性，也不能证明它拥有我们所寄予的潜力——比肩"偶然"的潜力。人们质疑707代表的音步为如同儿童的算术游戏，因为它甚至没有普通诗歌所需的韵律（rythme）为自己辩护：707作为总数，对一字一句逐步构建起来的韵律束手无策。总之，它只具有隐喻意义：7是星云、偶然和音步的标志；0是虚无、深渊和漩涡的标志；两个7是深渊之上的韵脚的标志。那么，马拉美费尽心思捣鼓算术的手法是出于什么动机呢？为什么他坚信这样就能认识到揭露诗歌本质的某些真相？

运气不足？

首先，我们必须注意到，《骰子一掷》的追求显然是荒诞不经的，作品本身已经告诉了我们这一点。实际上，疑虑不停地盘旋于主人心中。我们只有意识到主人的犹疑反映的是诗人的犹疑——诗人对他执意制造的数字抱有疑虑——方能看清疑虑背后的意义。因为马拉美描绘的正是他创作诗歌时感受到的苦恼：要将这种近乎苛求的算盘进行到底吗？不如趁结束前了断这个疯狂的计划，不扔出骰子并且放弃预先准备好的数字？

这些焦虑的情绪渗入第 4 "页"：主人"抛弃了古老的算法"（hors d'anciens calculs）（传统格律对音节的计算），他迟疑不决，他的手臂藏有秘密，僵硬如尸体，他还没有义无反顾地加入海浪发起的这场游戏（hésite / cadavre par le bras // écarté du secret qu'il détient / plutôt / que de jouer / en maniaque chenu / la partie / au nom des flots）。骰子投掷的关键时刻，主人公的手臂僵硬得像一具尸体。他的犹豫把操弄着"小算盘"（也就是创造"密码"）的马拉美拦在了门外。他的小算盘不过是一个谜语——与算术有关的字谜。可一旦被人看穿，他的算计便会让他成为众人的笑柄。即便第 5 "页"暗示先人（aïeul）可能最后投出了骰子，主人还是止不住地担心：因为他"战胜大海"（contre la mer）的机会渺茫，他甚至只能"任人宰割"（oiseuse）：

la mer par l'aïeul tentant ou l'aïeul contre la mer
　　　　　une chance oiseuse
　　　　　　　　　　　　　　　　　　Fiançailles
dont
　　　le voile d'illusion rejailli leur hantise
　　　ainsi que le fantôme d'un geste

　　　　　　　chancellera
　　　　　　　s'affalera

　　　　　　　　　　folie

大海顺利反抗先人，还是先人成功战胜大海
　　　　　徒劳的尝试
　　　　　　　　　　　　　　婚契关系
其中
　　　升起的朦胧雾气笼罩着它们
　　　一个动作的幻影未了

　　　　　　摇摇欲坠
　　　　　　搁浅

　　　　　　　　　疯狂

　　此时，主人与他的"诗歌"，两者的命运纠缠不清。先人试图反抗大海，既然这"页"系统地实现了他的算计，他想反对的正是页面上方随着泡沫爆裂而形成的文字的洪流。相反地，大海——也就是"诗歌"的本体——借先人之力争取机会（原文用 par 表示借力）。《骰子一掷》的命途——日后它将被看穿或不能被看穿——正是寄托于主人之手，建立于主人模糊视线的加密操作之上。"一个动作的幻影"（fantôme d'un geste）奠定了两者之间的关系，成就了这段永恒的"婚契"关系（Fiançailles），诗人的未来与诗歌的传承从这一刻起密不可分。现在这个计数的动作被升起的朦胧的雾气（ce voile d'illusion rejailli）笼罩了起来，被成为一切虚构创作所需空间、在诗册结束之前不停翻转的书页掩饰了起来。还没人意识到它的存在。一旦它浮上水面，那么一定与"疯狂"（folie）有关。如果这个遗作是一次"徒劳的尝试"（chance oiseuse），那是因为我们不知道如何更好地形容马拉美进行的这场希望渺茫的赌局。或许有一天（也有可能永远等不到这一天），他嘱托给某个未知对象的这份遗产（legs à quelqu'un ambigu）会最终被人读懂，但我们仍旧无法肯定他最后的探索会让人们五体投地还是大跌眼镜。

随后一"页"有多句"似乎"：骰子一经离手便没了退路，因为诗将迎来结局，而数字的答案就在文字的谜面背后。既然覆水难收，诗人无论如何都要坚持到最后，确保文字生成的谜面与谜面背后的计算结果相互呼应。但位于两个单页中央的 0 以及它所代表的漩涡仍被描述为"闹剧和灾难"（d'hilarité et d'horreur）（第 6 "页"）。诗人似乎因自己的作为而惊慌失措，他发出了令人难以置信的大笑，似乎试图掩饰自己的恐惧。

疑云还未消散。主人仍为潜伏的危险而苦恼（amer de l'écueil）（第7"页"），他似乎已经预感到他所有的努力即将付之一炬，因为他得到的数字平凡无奇。马拉美用主人的形象自嘲，将主人比喻为一位"王子"，装腔作势却不堪大用的那一类人：他的英雄形象让人难以抗拒，可是他有勇无谋、怒气冲冲（héroïque / irrésistible / mais contenu par sa petite raison virile / en foudre）（第7"页"）。冥顽不灵的他（petite raison）沉溺于他的基本运算，沉溺于计算似乎被雷击中而爆裂的文字的数量。最后，他的羽毛①也沉入水面，他的写作计划被定性为"狂热"（délire）（第9"页"），他的行为被描述为"谎言"（mensonge）和"空谈"（acte vide）（第10"页"）。

这些对内心不安持续不断的描述并不仅仅为了表达诗人在诗页上创作出错落分布的诗句时的提心吊胆（尽管他对美学创新抱有史无前例的热情）；我们相信这些描述也是为了警醒读者，让解开谜团的读者能够体感同身受：我们不必急于谴责诗人。显然诗人已经痛苦地意识到自己所需面对的风险，但他无视风险将自己暴露于这种不安之中。

---

① plume：羽毛，也作"笔"解释。——译注

马拉美敦促我们了解他做出选择的深意，这也是为什么我们能够抓住解开《骰子一掷》这首诗真正谜团的关键：马拉美想用这种新潮的格律做什么？为什么他认为这种手法能够推动现代诗歌的发展？

现身，艺术表现，散布①

如果我们不能找到使马拉美放弃——不论是否为暂时放弃——"书"的笔记的关键原因，我们便不能理解数字的意义。诗人手稿里描述的朗诵仪式对他而言究竟意味着什么？又是什么关键的不足使得他最为重视的写作计划搁浅？（这个计划的搁浅反而成就了《骰子一掷》这首诗。）

这些问题的渊源是作者的"政治"观点。马拉美的敌意不是针对法兰西共和国，而是针对政教分离。诗人认为，"国家……全靠一种机制"（l'État［…］doit un apparat）②，因为一种强韧的象征性联系能够创立民间宗教、激发个体之间深层关系以维系集体的存在，而一旦失去这种象征性联系，就不可能产生社会。他坚持认为宗教是一项公共活

---

① 原文为：Preésentation，représentation，diffusion。

② 出自《同样》（De même）一文，见《全集卷二》，第242 页。

动，而不是个人事务（他指天主教，而非新教）。尽管身为共和主义者，他认为绝对中性（政教分离）的公共空间是天方夜谭，因为人们不能将所有精神冲动安置在唯一的内心世界，人们需要精神共鸣。既然如此，法国能以怎样的原则应对？这个国家的两大公共象征性体系成为了历史，一去不复返："建立于军事威望之上的君主制"（royauté environnée de prestige militaire）属于过去由政治主宰的时代，而依靠老神父完成的"精神满足的仪式"（cérémonial de nos exaltations psychiques）告别了过去的辉煌（souffre d'étiolement）①。君主制和天主教会都无法解决人们对一个集体宗教的需求：我们需要一个后革命、不再信仰旧式基督教"死后世界"的集体宗教。诗人坚信——这也是同时代很多人的想法——艺术必须弥补旧宗教的不足，向人们提供一个能够满足现代人需求的宗教。但马拉美比充斥十九世纪预言未来的艺术家更加缜密，他迅速认清了这个新理想会带来什么后果。他认为，除他以外没有任何人付诸实践，瓦格纳也未曾做到。

十九世纪推崇艺术为新宗教的运动中，当属罗拜伊特朝圣规模最为壮观。但瓦格纳提出的"整体艺术"（Art to-

---

① 出自《庄严仪式》（Solennité）一文，见《全集卷二》，第 303 页。

tal）的不足在于，他想重新建立戏剧与政治之间古希腊式的联系。把人与神的关系搬上舞台，借助歌声和故事叙述向大众展示他所设想的宗教团体的设立原则。换言之，他想用艺术表现向民众展示自己的"秘密仪式"。对马拉美而言，这种秘密仪式是艺术——也包括瓦格纳的作品——得以汲取灵感的古希腊遗产。但马拉美主张，如果艺术希望摆脱基督教，它应当抛弃的正是这种"艺术表现"① 模式。我们无法渴望成为希腊人：不是因为希腊人代表了已经绝迹的"起源"，代表了艺术、科学和政治的完美结合，而这种结合已经不复存在；而是因为作为"现代"人，我们知道他们不是我们真正的源头。我们丢失的源头，我们真正的源头，我们必须复兴的源头——就算以一种新的形式出现——不是古希腊文明，而是中世纪拉丁文明。诗人毫不犹豫地把中世纪这个孵化文明的时代称作我们的"母亲"②。

我们的宗教来自古罗马，这不可否认。"现代"人不会因为雅典人在酒神节时人神合一的悲剧舞台场景而欢欣鼓舞。为什么？原因是基督教向我们传播了一种仪式，它

---

① Représentation 有多重含义，中文语境中常被译为"表征"。——译注

② 出自《天主教》一文，见《全集卷二》，第239页。

的力量高于这种异教的仪式：亲眼见证真实的悲剧。"悲剧"当然指的是被基督徒们记入"史册"的耶稣所受的苦难。而弥撒作为"仪式的原型"① 并不是以一出戏剧的形式进行"表演"，它试图让基督真实、有效地显现，一直到信徒享用完圣体饼。然而，拜罗伊特正败于此。尽管拜罗伊特声称创造一个新型的带有政治属性的统一体，但他所展示的不过是北欧传说与舞台艺术的"希腊式"结合体。这也是弥撒永远不会被"整体艺术"的宗教团体取代的原因：这样的更替只会造成根本的缺憾，因为我们将失去一个宗教集体，失去一个让耶稣圣体能够被纳入面包——"最后的晚餐"里的面包——里的有效的显灵仪式。因为，天主教的仪式具有表现事实的力量，用"耶稣的苦难"这个"历史事件"来上演耶稣显灵的一幕。这个"历史事件"当然发生于精神世界，发生于中世纪的欧洲；而它采用的不是悲剧的艺术表现模式：

现在，我们是业余人士。我们爱好的这事物在本质上已不再属于悲剧，它不像从前一样属于悲剧。悲剧是它另一个名字，点名了它的寓意。它坚决要求实现一个事实——至少它要求人们因为它的结果而相信

① 出自《天主教》一文，见《全集卷二》，第 241 页。

事实存在。"真实的显灵"指：上帝现身了，他哪儿都在，他是个整体，他被远处的演员模仿而演员的身影已消失不见……①

在弥撒的仪式中，"人类"（Homme）——马拉美对耶稣的称呼——的悲剧不是通过舞台布景和聚焦光线的演员间接实现，而是由一名匿名的祭司揭开序幕，尽管面对超验的神他已经退出我们的视线。他唯一一个后退的动作——背对人群——证明了神的显灵。所以，艺术必须以一种追求精神权威的气势向弥撒的仪式靠拢。如果天主教拒绝完全退出历史舞台，如果——马拉美曾用一种少有的严厉口气指出——基督教"怪物的黑色苦难"（noire agonie du monstre）衍生为一种模仿耶稣复活的滑稽行为（十九世纪末在法国作家中兴起了一股归依基督教的风潮），原因是正在进行解放运动中的民众还不能从圣餐这个独一无二的仪式中"领悟到隐藏的宝藏"（s'approprier le trésor）："生活于宗教之中的人们不可能忽视自己内心私密的精神世界，就算人们抛弃宗教之后，这也是不可能的。"② 今

———————————

① 出自《天主教》一文，见《全集卷二》，第 241 页。
② 出自《同样》（De même）一文，见《全集卷二》，第 244 页。

天，人们希望——尽管只是潜意识中希望——艺术能够继承此类仪式中让人着迷的东西。他们认为是经历过苦难的耶稣让他们着迷，而他们不知道耶稣就是他们自己。"这种神性不过是自我"①，马拉美写道。这个"隐藏的"② 和高于一切的自我让我们感受到精神的升华，而我们却未参透它的本质。为了复兴，它必须遵循一个新的仪式，与其他一切超验形式都不同的新的仪式。我们必须认真理解马拉美赐予诗歌的"显灵"的本质和诗歌肩负的复兴使命，区别圣餐（圣体圣事，eucharistie）和"耶稣再临"（parousie）。耶稣再临才是耶稣的现身：末世带着荣耀回归是耶稣绝对的现身。而圣体圣事并不是完整的现身，尽管弥撒过程中圣子显灵。完整的现身仍是信徒期盼和希望之事。所以，圣体圣事是一个矛盾的现身模式："现身又缺席"。上帝的信徒认为上帝存在，甚至存在于圣餐面包中，只是回归的时机未到。为了能够留为人们提供回忆（苦难的回忆）和等待（灵魂救赎）的机会，他存在的事实反而退居其次。这种形式的现身不是发生于当下，而是发生于过去和未来。如果我们借用马拉美的表达方式和他提到的"神

---

① 出自《同样》一文，见《全集卷二》，第 238 页。

② "在每个人的内心深处都必须隐藏一些东西，我坚定地相信其中的玄机。这种玄机是隐秘和封闭的，它就是人的共同点……"出自《文学的奥秘》，见《全集卷二》，第 229—230 页。

灵……哪儿都在"，我们可以称之为上帝的"散布"（dif-fusion），以"散布"代表一种圣体圣事模式的现身，不论它是否属于超验范畴。所以"散布"不同于古希腊戏剧的艺术表现模式（représentation），不同于基督教耶稣再临的现身模式。马拉美诗学的最独特之处——主导他晚期写作的思想——在于，他试图将"绝对的上帝"从唯一的艺术表现手法（尽管"艺术表现"显然没有从他的作品中消失）中解放出来并将之散布四处，抵制一切灭世论基础上的耶稣再临。圣体圣事模式的现身成为最高等级的现身方式，而这样的现身也不再需要等待上帝降临。

从 1895 年发表的《天主教》① 一文起，马拉美诗歌关注的重点是诗歌能否上演真实且影响广泛的人类悲剧，能否实现上帝的"散布"。

我们还有一个似乎无解的问题：诗歌如何才能抛开虚构作品的艺术表现或者意义表述行为，创造一个拥有神圣光环、超越个体的特殊存在而获得无限意义的真实事件，例如，"耶稣受难"？1895 年，诗人痛苦地意识到其中的困难，这正好与他放弃"书"的笔记的时间

---

① 《天主教》一文于 1895 年 4 月 1 日发表于《白色期刊》（*La Revue Blanche*）。详细内容参考《全集卷二》，第 326—327 页。

吻合。

事实上，我们发现"书"的内容以及朗诵会的"舞台安排"从未实际超越"艺术表现"——既没有超越文本意义上的"艺术表现"，也没有超越戏剧形式的"艺术表现"。我们看到了舞台上的走秀，由舞台演员和文本设定的演员在主持人朗诵时共同上演（根据注解区别两者的不同并不容易）：一群女人，死城里的一座宫殿，一场驯兽表演，结伴而行的老牧师和童工，一些可笑又可怕的故事——庆典邀约、荣耀堕落为罪恶、"享用"某位女士……但似乎"书"的操作者从未展示一个"真实"的事件。他理应"散布"这个事件，向"助手们"鲜活地"再现"这个事件。

正是这个"书"的悖论——它无疑是诗人所幻想的"巨著"最大的弱点——让《骰子一掷》肩负克服悖论的任务。而正是"唯一数字"的加密程序让这首诗避开了"书"的败笔。

我们马上揭晓它使用的方法。

海上的漂流瓶

如果《依纪杜尔》受到了《纯粹精神》的启发，至少

在蒂博代（Thibauet）①之后，我们知道《骰子一掷》受
到了维尼一首诗的启发——这是维尼生前发表的最后一首
诗《海上的漂流瓶》（1854年），它的副标题是"给一位
素未谋面的年轻人的建议"。《命运集》的作者在诗里描述
了一场海难。在海难发生的过程中，一位"年轻的船长"
在溺水之前向海上投出了一只漂流瓶，瓶里装入了他
"孤独的计算"——一张暗礁地图和一张绘有高纬度星座
的草图。而这些东西日后可能被一位不相识的旅行者
接管：

> Quand un grave marin voit que le vent l'emporte
>
> Et que les mâts brisés pendant tous sur le pont,
>
> Que dans son grand duel la mer est la plus forte
>
> Et que par des calculs l'esprit en vain répond ;
>
> Qu'il est sans gouvernail, et, partant, sans ressource,
>
> Il se croise les bras dans un calme profond.
>
> [...]
>
> Dans les heures du soir, le jeune Capitaine

---

① 阿贝尔·蒂博代（Albert Thibaudet）是文学评论家，著
有《斯特芳·马拉美的诗歌》（*La Poésie de Stéphane Mallarmé*）。
他认为，《骰子一掷》是受到了阿尔弗雷·德·维尼（Alfred de
Vigny）《海上的漂流瓶》的启发。——译注

A fait ce qu'il a pu pour le salut des siens

[…]

Son sacrifice est fait ; mais il faut que la terre

Recueille du travail le pieux monument.

C'est le journal savant, le calcul solitaire,

Plus rare que la perle et que le diamant ;

C'est la carte des flots faite dans la tempête,

La carte de l'écueil qui va briser sa tête :

Aux voyageurs futurs sublime testament.

Il écrit : « Aujourd'hui, le courant nous entraîne,

Désemparés, perdus, sur la Terre-de-Feu. […]

– Ci-joint est mon journal, pourtant quelques études

Des constellations des hautes latitudes.

Qu'il aborde, si c'est la volonté de Dieu ! »

当水手发现狂风席卷，面色凝重

折断的桅杆在甲板上垂头丧气

他与大海决斗，但大海更胜一筹

经过计算，精灵绝望地回答

他没了舵，等于失去了工具

他用双臂抱住自己，头脑冷静

……

当夜晚来临，年轻的船长
完成了献身的准备

……

他完成了献身；但要等大地
接受这座虔诚的雕像。
这是智慧的日记、孤独的计算，
比珍珠和钻石更加珍贵；
这是暴风雨下海浪的地图，
这是将要折断他脖子的暗礁的地图：
是献给未来的航海客的血淋淋的遗言。

他写道："今天，水流将我们卷走，
让我们随波逐流，迷失在地狱……
——这是我的日记，里面记录了关于
高纬度星座的一些研究。
如果它有幸上岸，那便是上帝的旨意！"

马拉美向维尼学习，将遗嘱式的文本留给它未知的读者——"留给未知对象的遗产"（legs à quelqu'un ambigu）。马拉美笔下的主人与维尼笔下的船长一样，都在沉入水中之前默默地计算他的终点。但《骰子一掷》的作者没有局

098

限于这个想法，不满足于呈现这个海中瓶的主题：通过写作和这首诗的发表，他"有效地掷出"了一个同样的瓶子。瓶子里装着他弥留时刻的愿望，而这些愿望是他"孤独的计算"（calculs solitaires）和"数星星"。以数字进行加密的手法改变了《骰子一掷》的本质，使它不仅是一个文本，也是一个行为。从此以后，诗不仅代表它所描述的悲剧；诗在成为自身所描述的行为时，获得了述行（performative）的性质。这个行为的本质很明确：打赌。数字被扔到了大海的漩涡之中，它超越了历史，将成为解开谜题的机会，尽管马拉美已经离开了人世。但与维尼的船长相反，主人／诗人并未祈祷他的遗嘱能够有朝一日公布于众，而是相信自己的神性：无限的偶然。

我们必须更加详细地对这一点进行说明。我们清楚认识到，马拉美在数字加密的手法里引入了一个"不可预测"的特性，他暗示我们只能通过偶然来发掘存在。事实上，不管我们对这首诗的认识多么深刻，都不足以确定《骰子一掷》是围绕"计数"——计算字数而不是计算字母、音节、形容词等——展开的。我们可以用一切可能的角度理解马拉美，致力于详细地、深入地了解作者。然而我们在他的文本里找不到任何能够帮助我们的有效线索。作品未能揭露他的隐秘面，因此无法向我们提供解读的关键。从诗作到数字，我们的解读无疾而终：读者手上没有

"前提"可以推断出主人的"推论"。

加密手法可能只是一个偶然。当然，我们可以把这个发现与马拉美诗歌带来的阅读体验联系起来。这是一种微妙的关系，它更多的是靠随意的情绪，而不是靠某种思想建立起来的。让我们想象有一位着迷于十四行诗《愁云》的读者，他突然感受到了一股欲望。为了体验最多的乐趣，他想要计算在他眼中散发出珠光的文字的数量，他计算的姿态就像孩子二次点钞时的谨小慎微，像妖艳的女子对她珠宝的如数家珍，或者像一位藏书家清点绝版书籍时的小心翼翼。这种欲望并不是唾手可得的：马拉美用艺术点燃了它，借艺术将诗的每一个词从语境中解放出来，用《散文诗（献给艾桑特）》（Prose［pour des Esseintes］）提到的"清晰的轮廓"或者"空白"将词与词分隔开来。诗人要达到这种效果，尤其需要借助一种艺术手段——我们可以称之为"断裂的句法"（syntaxe déstructurante）。马拉美在 19 世纪 70 年代创造了一种写作技巧，他用一个完全摸不着头脑的开头置读者于迷雾之中，而诗的第一句话只有通过分布于诗里的（有时离得稍远的）不同诗句才能拼凑起来。阅读无关句法体验，而是以"阅读困难"① 为起点。

---

① 这是一个简单的文字游戏：形容词 syntaxique（句法的）与 dystaxique（困难症的）的词根与词尾相同。——译注

我感受到了文字的重叠，但文字正是因为互相叠加才会闪光，仿佛以奇怪的样子登场的文字原本就带有这种特异性。所以，十四行诗第一句里的 tu 这个词看似简单，它却并不像我们想的那样是一个人称代词，而是动词 taire（闭嘴）的过去分词：

> À la nue accablante tu
> Basse de basalte et de laves
> À même les échos esclaves
> Par une trompe sans vertu
>
> Quel sépulcral naufrage（tu
> Le sais，écume，mais y baves）
> Suprême une entre les épaves
> Abolit le mât dévêtu

沉重的乌云蠢蠢欲动
黑似玄武岩，红似火山石
连回声都被吞噬
尽管号角软弱无声

怎样的海难才能与坟墓无异

夺走至高无上的桅杆

让它葬身于碎片之中？

（只有泡沫能够解答

而你只顾自己流动）

　　读者直到第八行才能找到句子的动词，恢复句子的结构：Quel sépulcral nauffrage，tu par une trompe（marine）sans vertu（sans force），abolit le mât dévêtu？（怎样的海难被软弱的海洋之号吞噬了响声，怎样的海难摧毁了桅杆？）在此之前，读者只能与一些没有标点符号的词语打交道，就像是只能与一些随机漂浮在白色泡沫之上的碎末相遇。而读者的印象更将跟随有限的字数增长以及聚集在首行的单音节词而加深：字数不多的十四行诗突显了自己的独特之处（《祝辞》共计 70 个词，不足 77 个）；单音节词聚集在诗的第一句，页面上词与词之间的孤立则更引人注目。因此，我们视每个词为珍贵的宝石，并试图用充满童真的游戏——数数——满足我们占有宝藏的欲望。

　　需要数数的读者先被"幻想"（reverie）动情，后被数字的巧合逗乐：他偶然发现的一个数字包含了小熊星座代表的数字 7 和漩涡代表的数字 0。随后他便开始对同类诗歌进行计数。起初，读者不愿相信这种巧合，他只是为了证明这种刺痛他灵魂的奇怪假设不是真的；后来，他着手系统的检验，希望发现一种能够有效解答问题的严密结构。如果说在结果浮上水面的过程中这场探险变得愈发理性，那么在探险发生的最初一刻，这场探险只能依靠一个单纯的偶然，最多也不过是依靠我们刚刚提到的"无望实现"的愿望带来的冲动。只有偶然能揭露数字的真相。为了《骰子一掷》能落实"随机"的一掷，这是必需的。那么，偶然也一定不能被一切理性的推断所左右。然而，读多了诗人的作品后，理性的推断便油然而生。

所以我们必须回到第一部分里引导读者找出 707 的那些推理。从分析结果来看，我们似乎正是通过对马拉美不同文本的细致研究——《依纪杜尔》、"书"的笔记以及《骰子一掷》的不同片段——才渐渐得出数字主导诗歌这一结论的。但事实上我们的推理是回溯式的（在发现结果后才产生的），而不是展望式的（先于结果并通向结果）。我们对作者的了解并未帮助我们破解密码，相反地，我们对密码的掌握使我们能在作品中探寻促成它诞生的逻辑。在这一步中找到答案之后，所有的理由也就说得通了；但正是理由的缺失让我们踏出了这一步。

假设马拉美让"偶然"操纵诗的解读过程，那么我们好奇的是他为什么这么做。洒在通向数字的道路上的"偶然"究竟源自怎样的想法？让我们回到"散布"的概念。

我们说，"散布"指创立一种能够从"艺术表现"的"独裁"中解放出来的诗歌，这种诗歌能与"圣体圣事"、与圣餐面包里耶稣的现身异曲同工。而现在我们看到了一个"真实的悲剧"——马拉美的"真实"的悲剧——将于某个时机通过《骰子一掷》得到展示。诗里正是"耶稣的苦难"："献身"为的是诗末的"加冕"。

让我们思考这背后的真正意义：一位作家偷偷地给他的一首诗——可能成为他代表作的诗——上了锁，而他确信读者的发现一定基于偶然。马拉美冒了一个险，因为他的最终决定可能永远没人能懂。我们知道原因。如果诗歌能够获得与耶稣受难相同的意义，那么在诗歌的内部就必须进行一场献身的仪式：这不是祭出某个个体的肉身——像基督的献身——而是祭出作品的意义，是精神生活的献身而不是肉体生活的献身。只有数字之谜解开后我们才知道马拉美接受了可能的后果：他在偶然的祭台——对他而言便是"命运"——上的劳动成果的意义可能遭受破坏。

我们必须说，马拉美冒着双重危险。第一重冒险在于数字可能永不见天日。这是密码的第一层启示：如果你找出了数字，回过头来你却会发现我接受了可能的后果——我的作品的意义不复存在。因此，马拉美告诉我们，他准备好了为献身而献身，也就是在永远无人知晓的前提下献出作品的意义。这是献身的"平方"。诗人准备在后人面前隐去身形，在众人的评价声中戴上面纱，然后他就能走上与基督一样的最终结局。耶稣把他的身体留在了十字架上，而马拉美要面对的是献身后无人问津的孤独：他献出了作品的意义以及献出意义的行为本身。福音书说上帝自己便能证实圣子的神性，说他回到了永恒的偶然，而没有止步于有限的人类。这也是马拉美式献身的真相。所以，诗歌的解密不能指望读者对作品进行学究式的阅读和推理，因为它只是一个幸福的偶然带来的结果。

诗人面临的第二重危机出现于密码被破之时。在这第二种情况下，诗人毅然准备迎接解密者可能向他投来的鄙夷眼神。后来的读者可能认为加密是一个冒牌的仪式（原来只是这么一回事……），而读者这样的想法不过是源于加密行为本身的一种可能，因为加密本身就是幼稚的。通过《骰子一掷》的写作，诗人在不知作品能否得到破解的惶然中接受了肉体的灭亡。他也为精神的陨落做好了准备，向诗里注入一个加密的星座。如果读者解读失败，星座的加密将会永远地掩盖作者意图的美好之处；如果读者解读不善或者解读不精，加密的星座将会永远脱离它的精神实体——后人眼里的马拉美、我们记忆中的马拉美。

通过"留给未知对象的遗产"，《骰子一掷》的作者表明密码的继承人对他来说是未知的，甚至是不存在的；他还指出未来的解码者的个性里必要的模糊空间：他或许充满敌意，或许宽容体谅。作者无须否认他这个"秘密"多么牵强附会——这在他疑虑重重的口气里初见端倪。他把这个"秘密"降级为一个基于算术的简单字谜，比他人更早一步嘲笑自己获得了这种因诗歌晦涩难懂的而建立起来的狼藉声名。他明白，读者必定抵触这种手法，而读者只有认识到作者是以玩乐的心态放弃了自己的严肃任务，才会开始改变观点①。

为这种手法辩护的第一种方式是把这首 1898 年的诗当作耶稣受难的虚无主义版本：为了突出诗人真正经受的苦难，受难仪式之中还有现代式的自嘲。当这种苦难以嘲笑为目的，它只会更加悲惨。《骰子一掷》在算计好的时机揭露了一出神秘的悲剧，它的主角准备为作为他艺术基础的虚无献身；揭露的时机也都在算计之中。读者可能被这种对文学——以诗意不足、百无一用的密码为标志的空洞的文学——极端爱慕的表现震惊不已。

如果我们暂时采用这种解释，那么我们也就明白为什

---

① 在《诗的危机》（《全集卷二》，第 208—209 页）一文里，马拉美主张自由诗的创作不该沦为创造一种与旧格律相似的新格律。诞生于"孵化期"（temps incubatoires）的旧格律是诗律的遗产，它如同文字书写规则一样无法被个人二次创造。而我们发现"留给未知对象的遗产"破除了这个禁忌。他因自己的"罪"——将个人创造的格律传承下去——而断头。

么马拉美的难懂之处与历史传统的诗歌形式关系很浅：
（1）秘密的内容苍白无力，缺乏内涵。它给现代人提了个
醒，它指出，现代人无法在文学中找到一种隐秘、能够代
替旧信仰的知识。马拉美不是萨尔·佩拉当（Sâr
Péladan），他的手段与十九世纪末盛极一时的庸俗的神秘
主义（ésotérisme）毫不相干。相反，《骰子一掷》的作者
则通过其他文章，传播了对当时腐蚀文学的那些"歪心
思"的批评①。（2）密码并非"难以参透"，因为它的传
播不是靠一群行家连续不断地接力，这也意味着作者与其
继承者之间存在几乎不容置疑的断层。解密者不能继承传
统，因为传统往往匿迹隐形，它选择忠心的信徒以确保信
息的传播万无一失；而身处汪洋大海之上的解密者，他说
过的话将永远沉入水底。主人没有信徒，为此，他告诫我
们：虔诚的献身换来了偶然的"无"，而偶然的"无"正
是编织虚构的材料。

　　可是，我们可以止步于对密码的这种解释吗？看起来
不行。因为如果马拉美因为结果只是一场空而沉沦于绝望、
甚至自嘲的情绪，他又怎么实现创作一种现代受难仪式的

―――――――――

　　①　参考发表于《国家观察者》（*National Observer*）（1893 年
7 月 28 日）的文章《魔法》（Magie）。该文后经删减和整理被收
录于《离题》（Divagations）：见《全集卷二》，第 250—251 页以
及第 307—309 页。

野心？为了用一种新的仪式超越弥撒和瓦格纳的整体艺术，我们应当更多讽刺已经幻灭的现代性。我们需要苦难存在神圣的一面以使它能够具有广泛的影响，然而这高于一切的性质也是《骰子一掷》留给我们的启示，因为偶然，也就是无限或者现代人眼里的上帝，揭露了马拉美的手段。只是悲剧的主角——马拉美——仍旧缺乏神性。他没有向我们证明，他不仅是人，也是神，换言之，他没有证明他也是偶然。如果诗人想让他的挑战具有遵循基督教和破坏传统超验的双重色彩，那么他必须切实地成为唯一真实的永恒。换言之，尽管听上去有些匪夷所思，但我们必须让诗人成为弥撒的主角，让受难仪式发生并让他赢得赌局。这也是围绕"数字"展开的弥撒。如果受难的主角是诗人，那么他便是偶然。为了赢得赌局，马拉美必须向我们证明在他消失之前他已经成功地完成了写下《依纪杜尔》的那位年轻作家未能完成之事：成为偶然，让自己永恒，给他无声的创作行为授予神性。

成为偶然

我们描述的双重献身——作品意义的献身和献身行为本身的献身——还不足以指出问题。我们描述的不过是一位独特、有限的个体所承担的风险。如果马拉美想借自己的行动，与耶稣受难的悲剧达成旗鼓相当，甚至比它更胜一筹的效果，他就需要使自己具备"无限性"，尽管他也要为此付出代价。对现代人而言，"无限"已经不再是一神论宗教里化身为耶稣的神，无限是偶然。而偶然有着永久、绝对的统治地位，它不仅掌控着微不足道的事实也掌控着意义最深、无可挑剔的事实。对马拉美而言，获得永恒就是献出自己，让自己成为偶然，换言之，投身到无限中去：在无限的运动中，偶然是骰子掷出去后所有可能的结果，是同时接受坏的结果和好的结果。依纪杜尔失败的原因在于他只能作出选择，结果"断送了自己的后路"。这就是我们从《依纪杜尔》中认识到的一点。无论他如何选择——不投出骰子，或者投出骰子得到12，又或者投出骰子却未能如愿——不具有意义的偶然都是赢家。依纪杜尔的举动只是一个选择，这是一个不比其他选择更加重要的选择，所以它才能虚伪地与其他选择不分伯仲。能够避开偶然的唯一方法就是变得与之同样永恒、无限。但要怎么做？怎样才能让自己成为骰子一掷的所有结果？怎样融入偶然的辩证关系？这种关系就像思辨的无限，自身包括了不同可能性之间的统一与矛盾。怎样同时成为他者，杜绝变化（因为我们已经变为他者，我们已经是他者），然后得到永恒？

　　《依纪杜尔》第一个结局给了我们解决问题的线索。

墓室

依纪杜尔只是摇动骰子，这是他与祖先的骨灰重逢前的动作。他的动作得到了宽恕。我们明白它代表的两种意思。①

他似乎与无限性擦肩而过，与之失之交臂。事实上，他在与先人同穴共枕——以抛出骰子结束他的动作——之前，"只是"在手中摇动骰子。他的"动作""暧昧不清"，因为他的手在伸缩之间摇摆不定（jet retenu），就好像用紧握的拳头假装"掷出骰子"。也就是说，依纪杜尔尝试进行一个像偶然一样包括所有可能性的举动：他动了动手，抖了抖骰子，暧昧不清的动作影射了矛盾的两个动作：投掷与不投掷。这是句子"他的动作得到了宽恕"所表达的意思：absous（被宽恕）指 absolu（完全），所有一切可能性。依纪杜尔身上潜在某种解决矛盾的机会，可是最后他却决定安息于先人的灰烬之上。这个动作太清晰不过，它绝不是一个理想的动作，因为他摆明要放弃尝试。于是他结束了自己的机会并致命地扑向了先人的怀抱，扑向了人们努力远离的文学传统。

————————

① 见《全集卷一》，第 477 页。

　　我们知道马拉美对哈姆雷特的痴迷。按照他的说法，除了哈姆雷特之外，"没有第二个人"像他一样，是一个"不能成为上帝的潜在候选人"①。赫尔辛格的王子②是一出因"摇摆不定"出名的悲剧的主角，他的优柔寡断正是一种暧昧不清的态度，而这种态度使得他的主人获得了永恒。成为这位潜在的主角——他的潜力让他摇摆于矛盾的行动之间（相信或者不相信鬼魂的话，向或者不向他的父亲寻仇）——也就是获得，或者几乎可以获得偶然的无限性。只有偶然的无限性能逃脱所有的结果（devenir）：对主角而言，它是永恒的保证，唯一的保证。

　　但哈姆雷特与依纪杜尔一样，也没有成功地包容矛盾的存在，他最后做出了决定，杀了国王，死于"自我结束"。《骰子一掷》怎样才能避开矛盾的悖论，让主人的行动永恒？是将主角与作为源头的偶然等同起来，就像把耶稣与天父等同起来？

　　对《骰子一掷》的主流解读似乎给我们的困境提供了一个解决方式。因为诗歌没有向我们明确展示主人的决定，注释者们一般认为他的行为——投掷或者不投掷——仍然

――――――――――

　　①　见《哈姆雷特》，选自《全集卷二》，第 167 页。
　　②　指哈姆雷特，《哈姆雷特》的故事发生在丹麦的赫尔辛格。——译注

没有确定。我们倾向于主张马拉美避开了依纪杜尔面临的矛盾：《依纪杜尔》指明了两种可能的结果，却没有从两者中做出选择；而诗人在《骰子一掷》里则有机会创造模糊的空间，让两种可能性同时存在。

如果按照这种解释，这是否意味着主人身上同时体现了所有可能性——投掷与不投掷，成功与失败——并因此成为无限的偶然？事实是否定的。因为主人不符合其中任何一种情况。他独特的逻辑推翻了上述说法，他成功地违背了排中律，因为他既不是掷骰子的人，也不是没有掷出骰子的人。他也违背了无矛盾律，因为他既是掷骰子的人，也是没有掷出骰子的人。要想使得一个实体——即使是虚构的实体——包括决定的两种后果，前提是我们必须事先确定这两种后果的内容。然而，这无法用来解释这首诗歌，因为我们不知道骰子一掷产生的数字是什么，也不知道拒绝投掷骰子的结果是什么。所有的一切都是模糊不清的，未曾言明的，所以我们没有得到真正无限的东西。既然结果不如预期，那么主角存在的意义就遭到了抹杀。他被否定，始终得不到永恒。

就算结果是相反的，就算主角得以以一劳永逸的方式包容了所有可能的选项，我们也不能解决问题。因为这位集投掷者与未投掷者于一身的"主人"只是主人的某种艺术替身（représentation）而已，不过是诗歌创造的虚构人物。而正是虚构的本质，对读者想象力的依附给予了他容纳一切可能性的机会。然而，我们假设《骰子一掷》的症结是"神的散布"，一场真实悲剧的真实上演。悲剧将推动真实的无限化，而不是承载空无一物的虚构。因此，如果我们想要把《骰子一掷》从"艺术表现"这个唯一霸权中解放出来，马拉美的行为本身（他掷出数字的动作和被经过加密的诗歌的述行性创造的赌局）必须得到永恒。

但若要化解难题，我们还要进一步解释。让我们更加细致地进行回顾：整个作品中，马拉美都尝试将偶然的无限性与变得非常关键的"犹豫"联系在一起。因为偶然与不确定性之间显然存在着某种相似之处。两者都有一种矛盾——这不是实际存在的矛盾，而是可能的矛盾。矛盾的可能性让它们没有达成结果（devenir）。《依纪杜尔》里的"偶然"包括了荒谬，它以一种潜在的方式出现："偶然阻碍存在"（empêcher d'exister）并且促成了"无限的存在"（l'Infini d'être）。我们沿用了"潜在"（latent）这个词来描述哈姆雷特：他是"潜在的上帝"，他摇摆于对于的不同可能性之间，他拿不定主意。所以他无法达成结果（devenir），至少在剧本的结局里是这样。

我们还注意到，偶然不能制造出实际存在的矛盾，哈姆雷特也不能。偶然不能保证"掷出骰子"的行为同时"没有掷出骰子"；哈姆雷特不能在谋杀克劳狄斯的同时让谋杀克劳狄斯的行为不是谋杀克劳狄斯。这两种情况都让我们面临一种潜在的矛盾。矛盾里渗透着各种可能性，这是它的荒谬之处。如果偶然无法制造"投出骰子"和"未投出骰子"两种行为，它用它的荒谬主导"投出骰子"和"未投出骰子"；如果哈姆雷特没有实现谋杀，而谋杀指的是"没有谋杀"，他将无限地徘徊于两种选择之间，成为亲友眼中的疯子，不能给自己的行动赋予意义，无法达成有效的结果。每种可能都有相反的选项，因为每种可能都和它相反的选项地位平等，不比相反的选项多一点必然性。一切的可能性都无止境地回到事物本身，互相矛盾的选项在无限的循环里平等地相遇，而"无限"正来源于这个无穷的循环。

然而，犹豫——不管是哈姆雷特还是依纪杜尔的犹豫——始终不能完美地成为无限的偶然。马拉美眼里的这种无限具备三个特点：它是真实的（偶然有效地掌控着这个世界的既定事件和可能事件）；它是确定的（相反的结果总是某个具体的结果）；它是永恒的（为了让它的作品没有意义或者充满意义，偶然总是与自己保持平等和保持活动状态）。那么，犹豫的态度怎样能够结合这三个特点，使得犹豫的主体与永恒的偶然融为一体？

我们似乎碰到了一个显而易见的难题：如果犹豫是实际发生的——一个存在的个体可以感知犹豫，而一个虚构人物则不行——那么犹豫便不能永恒；如果犹豫属于文学，是虚构的，那么它能够使一个理想的意义成为永恒，然而它却不是事实。

真实的犹豫暗示我们存在明确的相反的选项。在未做出决定的情况下，一个个体在一些具体的——而不是一些空泛的——选项中摇摆不定。真实的犹豫获得了确定性和现实性。但真实的犹豫不是永恒的：我们可以犹豫不决，但我们必须做出选择——即便是"不进行选择"的选择也可以。萨特在这一点上说得在理，因为不进行选择，也是一种选择；犹豫的延续就是为了超越一个积极的行动所必需的时间。所以，真实的犹豫似乎朝着"结束"迈进，为的是以其他任何一种可能的结果使自己永恒。

那么虚构的犹豫又是怎么一回事呢？我们总结了三种情况。

（1）与现实中的悲剧一样，哈姆雷特展现的犹豫也有明确的选项（杀或者不杀谋害父亲的凶手）。在他的不确定性中也显然看得见永恒的端倪，因为赫尔辛格的王子经历的痛苦一次又一次被不停地搬上戏剧舞台，使我们把它定义为戏剧舞台上的"摇摆"。但情节的真实性（réalisme）——莎士比亚剧目里让哈姆雷特的迟疑变得有血有肉的真实性——敦促戏剧家给予角色真实、完整的态度：哈姆雷特做出了选择，为父亲报了仇。因为哈姆雷特的犹豫，偶然得到了确定（偶然因明确的对立选项而得到确定），但偶然不再是永恒的，尽管它接近永恒的虚构。主角注定要犹豫，也注定要做出决定，永无止境地进行着这些动作。

（2）我们在之前提到的对《骰子一掷》常见的解读——不是我们的解读——提出了与哈姆雷特相反的选项。我们不再讨论"现实论"，而是见证一位踌躇不定的主人陷入永恒的犹豫之中。而这种解读要我们承认，这首诗没有点明主人的选择是什么。偶然的永恒性不可能被永恒的犹豫所支配，因为诗里没有确定偶然的可能选项：主人代表了一切可能，因为它不是其中的任何一种可能。他的踌躇不定是完全抽象的：缺乏语境，没有说明。所以根据这样的解释，主人应当是不确定的、一无是处的，而不是无限的。

哈姆雷特捕捉了偶然的确定性而没有捕捉到它的永恒性；主人在《骰子一掷》里难以做出决定，他捕捉了偶然的永恒性而没有捕捉到它的确定性。两种情况都只涉及完全虚构的人物，根本不能影响现实世界。

（3）《依纪杜尔》终于将虚构的犹豫与现实的犹豫有趣地联系了起来。虚构的犹豫指依纪杜尔贯穿了整个故事的犹豫；现实的犹豫指故事的作者的犹豫，因为作者没能清楚地区别两个明确、可能的结局（依纪杜尔晃动骰子，躺于灰烬之上；或者依纪杜尔掷出骰子并挑战愤怒的灵魂）。但这一次，我们仍未能集齐偶然的所有特点。至于虚构的犹豫，主角由两个真实（不是潜在的选项）、互不兼容的选项组成，因此不连贯。年轻的马拉美的犹豫是真实的，却不是永恒的。他的犹豫终将结束：作者选择不结束故事，任由两个矛盾的选项"撕扯"他的人物。

我们面对的困难是，只有一种既现实又虚构的犹豫能够囊括偶然的所有特点，能够将真实的选择体现的决定作用和具体内容与虚构角色让人向往的永恒性结合起来。《依纪杜尔》以依纪杜尔的失败向我们提供了一个以"犹豫"联结作者与其笔下人物的可行的例子。其中，犹豫的两位主体互相独立，而犹豫的两个方面依旧各有不足：依纪杜尔饱受两种互相矛盾的可能性对他的撕扯，马拉美则苦恼于不能完成故事的结尾。我们对数字的思考则能帮助我们解决这个疑难问题，并且显示出《骰子一掷》的能力：它能够有效地制造无限的犹豫，它是虚构与现实唯一一个完美融合的例子。1869 年，马拉美未能把自己的犹豫融入依纪杜尔的犹豫之中，但他成功地化身为《骰子一掷》的主人，与主人一起徘徊在已知而无限的不确定中。

一个跳动的数字？

怎样跨越犹豫（不管是真实的犹豫还是虚构的犹豫）与无限之间无法跨越的落差？以及，为什么数字密码可以让马拉美达成他的目的？然而，《骰子一掷》里密码的存在似乎揭露了一个事实：诗人"选择"了扔出骰子，数星星，然后他因自己"有限"的行为而受到责难。如果我们确定主人没有做出选择，那么我们可能更加接近——而不是远离——我们寻求的解决方案，因为主人的选择永远承载着矛盾对立的可能性。

可是结局就摆在那儿。《骰子一掷》清楚地展现了这个结局，我们也是从它的表述开始论证。这个解决方案的本质在于把行为（投与不投）所需的无限性嫁接于数字身上。也就是说，以投掷骰子的方式产生一个数字。但这是一个"唯一数字"，它本身就能说明偶然中存在的矛盾的可能性。所以这是一个无限的数字，其他数字无法替代的数字，因此仅此一个数字就能代表所有的可能和所有的选择。那么这是一个包括了存在与不存在双重可能的一个数字：被加密或者未被加密、被诗人刻意安插或者未被诗人刻意安插。它甚至包括了颠覆上述可能的另一种可能：是或者不是骰子一掷的结果。在这种情况下，骰子被掷了出去，产生了密码。但无限的结果将它的不可决定性转移给了创造它的动作。投掷骰子的动作带来了一个数字，数字带来了犹豫和内心的躁动（bougé），而这种犹豫和躁动属于把骰子捏在手里摇晃的依纪杜尔。这是一个既符合诗歌字数要求——707——也不完全为了符合字数要求而出现的数字。它可以成为任何一个没有意义的数字——705，706，708……——一个未被加密的总数，"心灵的潺潺流水"。这个反例证明了字数没有经过任何算计。这个数字就像一块"名为偶然的水晶"：既是一成不变的，也在不停震动；既是结构严密的，也是变化不定的；既是一清二楚的，也是模糊不清的。从这个角度看，这个数字既肯定了投掷骰子的事实，也肯定了没有投掷骰子的事实。我们必须承认，这种影响了数字的持续存在、不可决定的不确定性同样左右了诗人的行动，让诗人成为可能存在矛盾的个体。那么马拉美应当能够完成他在《依纪杜尔》里未完成的基本方案：能够自信地说，"无限最终是确定的。"[1]

"捕捉无限"（fixer l'infini）事实上是马拉美诗歌艺术的根本追求，这使得马拉美与现代性所青睐的概念"达成（结果）"（devenir）、"能动性"（dynamisme）渐行渐远。对马拉美而言，一首诗就是一块纯粹的水晶，一块让消失

---

[1] 《依纪杜尔》，见《全集卷一》，第477页。

的脉动重新浮现的水晶。马拉美的想法从未改变，至少从他成熟期的诗歌中我们看到：没有东西随着时间而增长，没有东西持续壮大，也没有东西堕落腐化，更没有东西日趋衰败。围绕诗歌结构展开的运动太匆忙，太仓促，太隐晦，以至于未能满足改变或者腐败所需的时间。我们所需的是捕捉一个突如其来的改变，一次升级，一个突发的灵感。在一瞬间，灵感可以解放固定的地点，并且否定所有事物已有的变化的可能性。这是一种打破不变、中断运动的速度——这是一种频繁的运动，它一开始便结束。所以，我们可以怀疑这种运动是否真的发生过。我们可以这样认识这些矛盾：这种运动（可能）不是运动，这种静止（可能）并未静止。所以这是一种辩证意义的无限，它需要另一方的参与，但两个矛盾对象之间却缺乏互动的动力。这不是黑格尔所说的辩证，而是没有变化、无须后者超越前者的辩证。这是一种无须束缚双脚的"止步"，因为这是永恒带来的脉动——存在的犹豫。拍打扇子的动作，顺滑的头发，细布的漩涡，水边的白色衣物——它们恍惚间化身为越过水波的飞鸟。这些符号（signe）正是为了提醒我们偶然的结构：偶然参考着它的对立面而独立存在；它包含了潜在的荒谬；它集两种可能于一身。

但符号或者偶然的隐喻——比如我们提到的那些——都不是偶然本身。"拍打扇子"发生了或者没有发生。动作很快，但不是无限的：对立的事物相继发生而不是同时发生。短暂的运动代表无限而不参与到无限之中。是否存在一种方式使得数字获得现实意义的无限而非仅仅隐喻意义的无限？我们是否能够创造一种同时投掷骰子和不投掷骰子的方法，并用这种方法在诗歌不变的字里行间植入偶然永恒的脉动？

答案是肯定的，我们有一个方法。它的前提是诗里必须存在密码。答案很简单：只要我们此前解开的密码具有不确定性。假设我们由数字组成的水晶存在缝隙和缺陷，缝隙和缺陷便是计算的不确定性，那么数字在生成过程中就可能崩溃瓦解。但为了保证我们相信密码存在的信念不被动摇，这种不确定性应该非常次要、影响甚小。于是我们得到了一个数字，数字里留下了依纪杜尔内心的躁动。这个数字就是骰子一掷的证据，也是骰子没有掷出的证据。原本，为了让我们认为马拉美做出了投出骰子的决定，密码应当更能证明诗里存在经过加密的数字。但当我们判断马拉美将骰子掷了出去之后，密码把我们引向了相反的假设：计数的规则发生了意外——我们得到的数字与707略有误差。这突然使得诗里的计算变得一文不值。而这个辩证关系让我们相信，诗人原本就能刻意设计一个不确定（tremblé）的算术游戏，一个变动之中的密码来生成一个无限的数字：数字本身包括了不同选项的可能，也包括了数字本身的存在和不存在。所以,《骰子一掷》的读者应该最终把依纪杜尔缺少的"永恒的犹豫"归咎于诗人自己。这"永恒的犹豫"是一种无限的力量:它自身包容所有的可能——投掷与不投掷骰子,胜利的姿态与失败的姿态,诗人对投掷的不确定以及我们无异于空想的解读。读者在这些不确定的可能性之间永远徘徊,而数字的不确定性又指向了主人的行动,也就是马拉美的行动——马拉美对是否加密最后一篇诗歌做出的决定。

那么,数字应当符合偶然的三个特点:(1)数字包括了两个互相对立的已知选项(707和另一个与它接近、但与密码无关的数字);(2)数字是永恒的(不确定性总是与诗歌表达的意义如影随形,我们永远也不能找到"正确"的解答);(3)数字是真实的(因为它回归了作者的行为,而马拉美对《骰子一掷》进行的加密是实际发生的行为,尽管作者没有做出最终决定)。

但是,就算我们接受这种可能性,也还是会反驳,因为我们认为现实中的马拉美一定会在内心深处做出选择。他会选择其中一种做法,然后结束有限的人生;而我们也认为我们赋予他的"无限性"源自我们对他做出的决定的无视。我们可以分两步来消除这样的反驳。

首先,我们可以认识到,所有作者都由一具肉体和一具"荣耀的身体"(corps degloire),即一具血肉之躯和一具灵性之躯（corps spirituel）组成。换言之，真实的个体斯特芳·马拉美——一位生活于第三共和国、居住于罗马路的英语教师，和后人想象中的作者"斯特芳·马拉美"——一位永远活在读者精神世界的作者、《骰子一掷》署名人。就像三位一体的基督是永恒的，他永远存在于不断重复的弥撒的仪式之中。在结束以肉身的方式存在之前，基督以出生于奥古斯都统治的伯利恒的耶稣为名。如果马拉美曾面临选择，选择是否对诗歌进行加密，那么这种选择只来自诗人的"肉体"，与他"非物质"的部分毫无关系。因为这位超脱肉体继续存活的马拉美，这位留存于我们记忆中的马拉美不过是"数字"向我们传达的东西：他唯一的痕迹留在了算术的把戏里；计数规则摇摇欲坠，而没有实体的马拉美一直深陷于同样的犹豫不决之中。

于是，我们发现了一位"无限的马拉美"可以借助一场仪式显灵（Présence réelle）。这场仪式丢开了"书"的烦琐的机关，只是求助于阅读：阅读《骰子一掷》。如果密码不足以说明问题，那么每位读者获取的"精神食粮"①便是马拉美灵性的部分，也就是作者留在"书的墓穴"（tombeau du Livre）里的遗产。诗歌的"检阅"行为变得与圣体圣事有几分相似：诗人生前作为有限的人经历了真

---

① 《橱窗》（Étalages），见《全集卷二》，第 219 页。

实的苦难与孤独的冒险；死后他的双重身份使他变得无限，而无限性所仰赖的双重身份正是借助一群读者组成的团体（宗教团体）才得以形成。我们因他所承担的风险，因他作为一名历史人物所具备的大公无私而感触良多；我们也因他把自己的一部分献给历史而投以赞美的眼神——他用自己的记忆给我们留下了一笔遗产，那个一成不变又惊惶不安、在最终时刻一直犹豫不决的马拉美，他的记忆将一直影响我们的判断。

时间洪流中的马拉美是有限的，这便是他的历史。《骰子一掷》的作者马拉美是无限的，他便是这样一位诗人：既对诗歌进行加密，也拒绝对诗歌进行加密。每当我们拿起他暧昧隐晦的作品时，无限的马拉美便"散布"开来。这位"想象中的诗人"没有被展示（présentation）给读者（这种情况要求再现历史中的马拉美），也没有得到艺术表现（représentation）的加工（作者不是一名虚构的人物），而是以一种圣体圣事的模式"缺席又现身"（présence dans l'absence）：历史人物马拉美的缺席与记忆中不可捕获的马拉美有效的现身。第二位马拉美只存在于、只"再次"存在于不断重复进行的阅读行为之中。

第二，我们还能从一个更加深刻的角度完善观点，我们也应该这么做。如果密码说不通，那么无尽的不确定性可能不仅仅吞噬了我们想象中的马拉美，还吞噬了诗人本人。让我们仔细分析这个假设。如果加密方式包括一个不稳定因素，那它会客观地呈现所有可能性：所有的选项基于不同但可行的理由。每个具体的情况有不同的动机，我们逐渐相信，确凿无疑的具体选项得到了执行。我们在互相矛盾但"相对集中"的选项中举棋不定——一般情况下，我们不会在投掷与不投掷之间制造一个空泛和抽象的选项（这是阅读这首诗时一般会采取的方式），而是在两个选项、两个数字、由两个明确的算术技巧创造的两大类（被加密或未被加密的）数字之间进行取舍。密码的发现并不会因为它的不确定性而变得完全不可能，只会被相反的假设弱化和质疑。发现密码并不是一无是处的：一个"迟迟未决"的密码不完全是、也不仅仅是密码的缺失，而是摇摆于两个同样可能实现的选项之间的犹豫态度。

每个选项的确定——一种算术方式得到的 707 以及另一种方式得到的接近 707 的数字——督促我们思考真实的个体（作者）是否选择了对文本进行有效的加密。但选项的不可确定性——没有任何一个选项能够笃定地压倒对方——使得我们不再相信马拉美确实从困扰我们的两个选择之间做出了决定。因为，如果诗人想要加密诗歌，为什么他还会用这么不起眼的瑕疵影响算术的结果？以及，如果作者不想加密诗歌，为什么诗歌以那么多方式影射 707 的存在，而算术的结果又如此接近 707？

我们可以反驳，如果存在这样一个略微不同的密码，这就说明了马拉美"选择"了一种暧昧的算术方式，以营造一种因对立的假设而出现的不确定性。他应该拿定了主意——他要的是一个不确定的密码，而不是密码存在与否的不确定性——并以这个选择结束永恒的犹豫不决。但是，第二个选项——自发的暧昧——与其他选项一样不堪一击。就算算术规则几乎一清二楚，我们也不能确定马拉美内心真的选择了反"暧昧"而行之。我们可以认为马拉美仍然想要加密诗歌，但他忽视了几个最后的细节并置之不理——这是因为他"想也同时不想"将他的理想贯彻到底。这就是说，马拉美本质上很可能并不比我们更了解他的诗歌，甚至他也不需要比我们了解得更多。因为诗歌本身就是一个提出假设的"机器"，它不需要作者便能运行，它用不着理会作者内心的想法。那么，拥有内心的想法又有什么意义呢？诗人当然可以很好地融入他的双重身份——犹豫不决的主人——很好地任凭矛盾选项带来的漩涡将其卷走，但这样一来，诗人就会漠然地接受任何不确定的可能，忽视自己的真正意图。因此，他献身的行为本身变得更加不确定，它的影响被弱化，使献身成为一件略微讽刺的事件——尽管没有彻底沦为讽刺；献身让人不能理解，让人心碎不已。献身？还是献身之前临阵退缩？我们无从得知，我们更加不明所以。而作者也可能摸不着头脑，直到最后连自己也糊涂了。

我们说过，现实中的犹豫只能是有限的：我们选择，包括我们选择不进行选择。因此，我们不确定马拉美这个个体是否成功地达到完全无限的状态。但我们坚持认为他成功地成了一个分裂的人，一个双重身份的个体：他由现实和理想组成，由历史和虚构组成。而两种身份——具有历史背景的个人和诗歌的作者——之间的准确界线我们却无法确定（他自己可能认为是这样）。所以，我们认为，这位卓越的诗人兼得以下特点：他以融合的方式使自己变得变化与不定，因而变得无限；他曾凭借肉体确切地存在于历史中；他还以《骰子一掷》的作者身份存在。

如果我们能够证实密码夭折，那么我们看到的只是一些互相照应的幻影，因为有限的人做出的具体的选择与他双重身份体现的无限的不确定性之间的界限变得不甚确切——这对他或者对我们而言都是这样。我们没有办法证明马拉美听从自己的心声做出了具体的选择，还是斩钉截铁地拒绝选择，还是一而再再而三地改变主意；也没有证据能够否认他意图设计这一切。但，这些可能的选项是诗人"无限性"的组成要素，因为在我们的记忆中，诗人与遗嘱中疯狂的偶然融为了一体。

* * *

让我们进行总结。马拉美从 1895 年开始便在寻找一种能够实现"显灵"的诗歌，只有这种诗歌能够从天主教的弥撒仪式中获得永恒的秘诀。这种通过文学散布上帝的方式将会取代耶稣受难的仪式，取代圣体圣事式的现身模式；这种散布的方式致力于成为"书"这个仪式的核心，取代传承自古希腊人、占据历史主流地位的艺术表现模式（操作者登上舞台表演一系列"活的绘画"）。诗人在《骰子一掷》中丢出了自己的名字，创造一个以他的名字命名的超越死亡的无限的实体。

我们假设密码可能不是确定的，而此时，针对加密的本质或者未加密的本质，马拉美个人并不一定比我们了解得更多。但这种假设明确影响了马拉美的苦难散布至《骰子一掷》的读者的过程。一方面，我们不知道关于密码存在或者密码不存在的可能性，马拉美本人是否比我们更加清楚；另一方面，我们确信我们了解一位"想象中的马拉美"，而马拉美本人却不知道这样的他。所以他赢得了赌局。因为密码被人破解。而如果我们能够揭露密码中存在小幅的不确定性，我们则可以认为，在读者的眼中，数字和马拉美的动作都已化为永恒。然而，作为历史人物的马拉美永远无从得知这场赌局的胜利。因此，我们见证了想象中的马拉美的显灵，而马拉美本人永远被蒙在鼓里：偶然的自我启示将诗人的形象传递开来，促成了诗人的显灵——这是针对密码和密码的不确定性的偶然的启示，它为我们带来了人与偶然的融合。我们像幻想中的圣餐面包一样成为这个假设性行为（因此无限）"显灵"所需的宿体，我们带着对"作品"名字的回忆参与到显灵的仪式之中。因此，我们更加了解存在于我们幻想中的诗歌的署名人"马拉美"，而马拉美自己却浑然不知"他"的存在。我们知道他的无限性已经实现了，通过他的神性，我们更好地了解了他的无限性。而他在生前还未能认识到自己的神性。

线　索

我们抽象地表达了《骰子一掷》的假设，这个假设似乎呼应了马拉美 1895 年开始执行的这项用作品表现神性的计划，它选择的方式是散布（diffusion）而不是艺术表现（représentation）。我们必须向读者证明，我们并非肤浅地将马拉美的要求和他的操作运用在诗歌之上：密码留下了悬念，使我们得到的数字是无限的，我们在文本中发现了蛛丝马迹。

在查找线索之前，我们需要注意的是，这些能够深入研究问题的线索引导我们找出"不确定性"的来源。我们说过，对诗歌的常规理解是，我们对主人的决定——投掷骰子与不投掷骰子——的忽视创造了《骰子一掷》的不可决定性。然而，我们需要的重要线索应当涉及另一种不可决定性。我们要找到确定骰子掷出的线索，可骰子的结果是一个不能确定（无限）的数字。"可能"（Peut-être）是一个线索，它出现在星座最后出场的时刻，但它还不足以证明我们的观点是正确的，因为它只能证明骰子掷出后出现小熊星座这个结果的不确定性。我们试图证明的是，不仅骰子被投了出去，而且也出现了小熊星座，只是小熊星座固有的不确定因素让它闪烁。

我们可以承认，两个选项之间的差别非常微妙，甚至有些似是而非。因为无限的数字的存在是为了确保投掷这个动作具有不可决定性。但两者之间的差别一目了然。前者主张这首诗的本质是讽刺和艺术表现：诗歌用艺术包装了一位动向不明的主人，而这并不重要，因为投掷骰子与不投掷骰子都将引他走向灭亡。后者主张这首诗要实现胜利的姿态和"散布"：我们认为骰子被掷了出去，并且它给我们带来了一个数字。这个数字能够将诗人和他的动作变为一个新的实体，假设性的实体以及像圣体圣事一般被散布至读者的精神实体。诗把不确定性与可能的胜利——

类似耶稣显圣——联系起来（而不是把不确定性与甜蜜又苦涩的讽刺联系在一起），这个设计与我们猜想的方向吻合。对细节进行分析后，我们将会看到，我们的假设比讽刺说更加适合用来解释诗歌里呈现的重要时刻。

一 消失的地方

第一个线索在第 3 "页" 上，它描述的是刚刚发生的海难。马拉美开始展示诗歌的主要观点——第 1 "页" 和第 2 "页"："骰子一掷 /// 绝不 /// 即便需要条件 / 永恒的（条件）/ 海难的深壑"（ Un coup de dés /// jamais /// quand bien même lancé dans des circonstances / éternelles / du fond d'un naufrage… ）。在回到主句并结束主句之前，马拉美在第 5 和第 9 "页"（ …n'abolira /// le Hasard［改变/// 偶然］）之间加入了一系列插入语。我们关心的是其中第一个插入语，它向我们解释 "永恒的条件" 有哪些。诗歌刚刚提出了这个疑问。事实上，诗人致力于论证、向我们确认，不论什么情况下——即便是最有利的情况下——骰子一掷也不能改变偶然。为了证明他的主张，他需要解释什么是有利的条件：如果在我描述的、我们可以想到的最有利的条件下，骰子一掷也不能摆脱偶然，那么任何投掷骰子的行为都不能逃离偶然。这正是第 3 "页" 以一个数学表达式 "如果"（ soit que ）开头的原因——它提醒我们用一系列公设推导出严肃的结论。

出乎读者的意料，这个长句描述的竟然不是即将到来的海难，而是一些似乎用来暗示船只将会消失的狂暴的事物："如／果／深谷／苍白／平静／愤怒／斜坡之下／绝望地滑翔／翅膀／它的／早／／已痛苦地跌落／盖住喷涌的／抚平跳跃的／深深的内心汇集了／影子被另一艘帆船深埋"（Soit ／ que ／ l'Abîme ／ blanchi ／ étale ／ furieux ／ sous une inclinaison ／ plane désespérément ／ d'aile ／ la sienne ／ par ／／avance retombée d'un mal à dresser le vol ／ et couvrant les jaillissements ／ coupant au ras les bonds ／ très à l'intérieur résume ／ l'ombre enfouie dans la profondeur par cette voile alternative.）。

深谷（Abîme）代表的是乌云蔽日时被泡沫染白的大海。云层（被描述为一个"斜坡"[inclinaison]）沉重得无法抬头，像是马上就会落下的一只翅膀。这片云层盖住了翻滚的大海（"喷涌"[jaillissements] 和 "跳跃"[bonds]），而我们猜想海上汹涌的波浪一波高过一波。这两种现象——躁动的大海和乌云——足以概括（résumer）遇险船只的影子。正如第 3 "页"上描述的那样，大海的"血盆大口"（béante profondeur）指代深谷，就像是"向某个方向倾斜的建筑物的外壳"（la coque d'un bâtiment ／ penché de l'un ou l'autre bord）。而白色的云层就像另一艘帆船（voile alternative）。原来的船只消失了，它在遇难的地点若隐若现。

暴露悲剧即将发生的地点是为了表达什么呢？事实上，这样的描述是为了让我们质疑海难的真实性：可能原来就没有船只，更不可能沉没。就像十四行诗《愁云》，暴风雨制造了一场海难的幻象，因此，我们见证的不是一个消失的过程（一幢"建筑物"的消失），而是消失过程的消失（灾难的消失）。

为此，我们可以思考为什么对海难的深壑的描写成为能够帮助逃离偶然的永恒条件。从常规的解读——讽刺说——来看，没有线索能够解答这个问题。如果我们认为所有的投掷行为都将回到自身，逃不过失败的结局，那么我们非常不解的是，为什么诗人在怀疑海难的真实性之后还要描写一个非常有利于实现投掷结果（胜利结果）的场景。如果我们从我们维护的观点（诗歌制造了一个无限的数字）出发，结果则不同。如果数字因投掷的行为而产生，因密码的不确定性而变得永恒，那么它必然"追本溯源"（rétro-agi），对它最初的条件造成影响。这种追溯的行为必须以投掷骰子的行为的不可决定性为前提：我们无法得知投掷行为发生与否。所以，如果"无限"真正降临，那么主人自己以及它的船只（第4"页"上提到了缺席、虚幻的船）的存在应当是不确定的。如果密码是不确定的，那么我们无法得知是否发生了类似投骰子的事件（计算字数），我们也无法得知是否有一位诗人用生命作为赌注。如果数字是无限的，马拉美会变得心烦意乱，他烦心的不是作者的历史性存在，而是赌客以记忆的方式而实现的存在。但这种不安可以发展为一场大灾难，而造成以下局面：我们必须怀疑是否存在一场具有深度的文学灾难（规则诗体的海难），以支持马拉美在自由诗出现的背景下展开的拯救格律和韵脚的疯狂行为。

第 3 "页"描述了骰子一掷发生的地点。发生的条件再适宜不过：骰子一掷，成功得到了"不可替代的唯一数字"，而"唯一数字"又回过头来影响着创造它的条件，让这些条件获得永恒——无限。换言之，条件既是存在的又是不存在的。结果决定了条件，因为结果"事先"修改好了条件，仿佛投掷的动作先于产生自己的条件而发生，并决定了这些条件。骰子被投了出去，它带来了一个无限的数字。而在悲剧发生的地方，投掷的动作变得游移不定。这就是诗歌的循环结构：诗以"骰子一掷"（un coup de dés）开始和结束。所以赌局总是处于不断进行的过程中，我们无法从时间上判断哪里是动作的起点，哪里是动作的延续。

但是，即便我们得到了一个满足主人期待的无限的数字，投掷骰子也不能摆脱偶然。投掷这个动作之所以能够永恒，是因为它成了偶然，而不是徒劳地与偶然撇清关系。所以，即便在最有利的情况下——赌局的全面胜利——骰子一掷也不会改变偶然，永远不能。证毕（CQFD）。

二　限制身体的条件式

第 4 "页"上第一次提到的数字肯定了我们的解读。我们说过，主人从文字的"动乱"（conflagrations）里推断出，"伺机// 而动/ 躁动和骚乱/ 拳头紧握骰子// 谁威胁了// 谁的命运与狂风// 唯一数字不可// 替代"（que se // prépare / s'agite et mêle / au poing qui l'étreindrait // comme onmenace // un destin et les vents // l'unique Nombrequi ne peut pas // être un autre）①。我们注意到《骰子一掷》的主角与面对不同选择的依纪杜尔一样摇动了骰子：他握住骰子并摇动骰子，没有松手。但这里发生的事情突破了 1869 年的困境，因为拳头本身受限于动词的条件式。它不是现实状态的"握紧"，而是条件式下的"握紧"。数字蠢蠢欲动，但如果密码没有成功诞生，那么为数字而进行的准备、设计好的总数，通向的就只能是数字的不可决定性；而这种不可决定性将反噬投掷的动作，以及投掷者自己，让我们看到投掷者自己的不确定性。换言之，数字的不可决定

---

① 我们需要特别注意这一点。

性正潜伏于诗人的肉体之中：数字将自己的假设性融入主人的身体之中，主人的"融合体"（mêle）将主人淹没于自己的不确定性中："一束洪流// 战胜了主人/ 流动如驯顺的髯须// 海难// 他本人的海难/ 不见船的踪影"（un〔flot〕//envahit le chef / coule en barbe soumise // naufrage cela // direct de l'homme /sans nef）。因此，马拉美借自己熟练的写作创造了洪流，以此暗示即将到来的肉体的灭亡将使他成为一名依靠"条件式"的作者。因为，马拉美将自己的作者身份压缩到一首诗里，这首诗其实是一个动作。"诗人"在这个动作中植入名为"可能"的病毒，在他死后，自己便作为一个"变化的名字"而存在。

三　固有的虚拟式

"数字"第二次出现是在第9"页"。如果密码没有疑点，那么密码解开之后，用来描述数字的虚拟式未完成过去时（existât-il, sechiffrât-il, illuminât-il, 等等）将显得格格不入。想要肯定密码的实际存在，我们理应使用直陈式来谈论数字。但着重强调虚拟式（使用大写字母以及通过重复进行强调）的做法暗示我们，数字的属性应该永远是一个假设，所以我们永远不能使用直陈式。即使数字可能真的存在，我们也必须补充一句条件从句：只有（si tant est que）当它是一个实际存在、有意义、经过加密的数字……，而不是一个没有加密、没有意义的任意数字。如果两种选项（加密与未加密）之间难以抉择，虚拟式则成为了数字固有和永恒的属性，它不是外来的属性，也不是临时的属性，更不是因为我们的一无所知而产生的属性。虚拟式是数字客观存在的属性，而不是读者赋予它的主观属性。不可决定性并非如讽刺说主张的那样先于投掷动作存在并且阻碍投掷的发生；它晚于投掷的动作而发生，以证明投掷的动作具有什么功能。

四　回归"唯一数字"

我们还可以发现，假设存在不确定的密码，我们的主角给了数字两个具体的定语：它"不能成为他者（不可替代）"，它是"唯一的"。

（1）如果潜在的数字"不可替代"，这是因为它即将成为永恒的数字。由于密码的不确定性，文字的总数在"加冕"一词之后——计数结束后——有两种不同的可能性：数字是漩涡代表的 707，而漩涡是骰子掷出的标志；否则"数字"是另一个数字，甚至一系列任意数字，而这些数字能够说明，除了诗歌之外没有发生任何事件，单词的数量没有意义。但这正是星座真实的加冕仪式：《骰子一掷》里点亮夜空的真实的数字不是 707，而是从一群数字中脱颖而出的 707。当诗里谈到星座时说"它一定是同样位于北方的小熊星座"（ce doit être le Septentrion aussi Nord），"它一定"一方面指的是它必须是以两个 7 环绕虚无和夜晚（0）的形式来表示"数字"；另一方面指的是，我们透过藏有不同可能的云层"可能"观察到这片星体的景观（这"一定"就是它了，我们仍心存一丝疑虑），我们的困扰来自它的光环，因为无限的性质是它的王冠。马拉美在《文学里的奥秘》中制定的"一字一句征服偶然"①的计划，即将通过文字实现：他以一字一句的计算化解了偶然的困境，而后因为计算方式的不同可能而重新回到偶然的怀抱。

星体所代表的数字也代表了偶然，与偶然一样，它也是永恒的。因为数字将会拥抱偶然的辩证性（包容自身和与它对应的其他可能）。但这样的等号只有等密码解开之后才能完全成立：因为解密是一个巧合，所以解密依靠的是偶然。通过偶然自身揭露偶然的过程，这正是星座所表达的意义。这也是为什么《骰子一掷》追求"书"的匿名性②；诗歌的意义的关键在于一层除了偶然其他一切事物都无法书写的关系。一方面，诗人辞世之时并不关心他的

① 见《全集卷二》，第 234 页。
② 我们提到过"书"没有署名，而主持朗诵会的操作者也不被认为是书的作者。关于马拉美幻想中的"书"的匿名性，可以参考《"书"，精神工具》一文，见《全集卷二》，第 224 页。

文本能否被读者理解；另一方面，一些读者偶然地发现了文本里的密码数字，而他们却忽视了诗人做出的选择，就算他的选择非常明确。没有全能的作者，也没有全知的读者：这首诗不让"诗人"掌握它的创作过程，也不让读者知道如何解密。《骰子一掷》的意义正是在两者——作者与读者——的来回交锋之间建构了起来，尽管他们从未相遇。这种双重对话机制不能缺少任何一方。我们与主人之间不同频率的震动来自无限本身，而"这一定是……"指出了星空的朦胧之处，朦胧代表无限。

（2）我们更能理解数字的"唯一性"指的是什么。我们说数字是唯一的，因为它代表的是一首独一无二的诗歌的格律。而密码本身并没有什么独特之处：计算诗里的字数并往其中植入一个计算字数的字谜，每个人都能够办到。数字的唯一性必定来自诗歌，而不是来自加密的操作，因为加密的动作可以随意复制。但《骰子一掷》的唯一性，它的本质是什么呢？

这首诗极致地完成了自由诗的使命：关于这首诗，我们可以说它"触动了诗歌"[1]，因为它把诗分布在整个页面组成的空间里。然而，不同于自由诗，这种新的形式代表

---

[1] 原文为 touché au vers。出自《音乐与文学》，见《全集卷一》，第 64 页。

的不仅仅是对一种新体裁的维护，也是对旧格律和韵脚的间接维护，因为诗人继承了诗歌结构里固有的数字以及将整首诗一分为二的对偶性（骰子一掷……似乎/ 似乎……骰子一掷）。并不是诗歌形式的改头换面确立了《骰子一掷》的唯一性，因为同"类"的诗歌可以——也一定会——被群起而效仿。我们说过，只有成为这种体裁的首例或者原型才可以使它独一无二。但这样的描述仍太过表面，我们还需补充说明，为什么词序包含了本质上的不同，而不仅仅是时间上的优先。

《骰子一掷》里就算同类形式的诗歌也不能够复制的东西到底是什么呢？诗里的生死抉择，唯此而已。抉择如果不是唯一的，便没有意义可言，更何况这是一个基督教式的抉择。遇难者在沉入水下之前发出的唯一信息是，耶稣不是牺牲于十字架上就是死而复生。想象一下圣子重返人间，再次经历十字架上的折磨。我们经历的不是耶稣那样的苦难，而是重复的乐趣。同样地，今天我们不能复制《骰子一掷》的加密手法，尽管马拉美的手法已经暴露。当然我们可以滑稽地模仿，或者把它当作很快就会暴露的秘密。这也适用于马拉美自己：如果马拉美参考《骰子一掷》的形式和加密手法创作了一系列诗歌，那么抉择将变成一个笑话。在这种情况下，诗人试图提高诗歌能被解密的几率，以一定的频率放出漂流瓶①。投掷行为的美妙之处在于它是独一无二的。而密码的不确定性造成的数字的无限性——或者说诗人的无限性——也是偶然的不可决定性。它确认了一件事：这场冒险就像耶稣经历的苦难，它的意义在于它发生了一次，且只发生一次。格律应当只出现一次，没有第二次，它的唯一性是作为事件的唯一性，而不是作为算术的唯一性。

所以，诗歌的标题——也是诗歌的关键句子——似乎给我们带来了不同的思路："骰子一掷不会改变偶然"。我们解释了为什么创造一个无限的数字不能代表消除了偶然：无限的数字是不可决定的，它同样代表偶然。那么我们来看两者之间的辩证关系。数字与偶然融为一体，但数字本

---

① 两首十四行诗《祝辞》和《愁云》并不能与《骰子一掷》相提并论：《骰子一掷》不仅包括了计数的规则，而且加入了以数字为答案的谜题来支持密码的设计。相反地，两首八音节十四行诗的内容里并不包括足以证明的字数不是偶然的证据，因为 70 和 77 并没有被秘密地安插在文本的其他地方。如果诗人没有创作《骰子一掷》，那么我也不能将这两个数字解读为诗人刻意的设计。但反过来却不是真的：即使诗人没有创作这两首十四行诗（或者没有对它们进行字数统计），我们也有充分的证据证明《骰子一掷》是经过加密的。所以，从马拉美全部的作品来看，《骰子一掷》是唯一的。也只有在这首诗里我们能看到投掷行为的意义。

身仍逃避偶然带来的影响。为了成为必然，它便不能是偶然的。所以，从某种角度来说，《骰子一掷》不会改变偶然，但从另一种角度来说却是可行的。因为身为例外，唯一数字仍可以保持偶然的属性而放弃致力于制造偶然事件的能力。这就是为什么我们必须在标题直白的意义——骰子一掷不会改变偶然——之上加入一个相反的意义：骰子一掷已经摆脱了偶然。黑格尔"Aufhebung"（扬弃）一词的双重意义（超越／保留）被这种模棱两可的表达方式复制了下来，偶然在被摧毁的同时也得到了保留。

我们可能会说，如果我们认为偶然从某种角度来看已被制服，那么我们则是以暴力对抗标题宣示的内容。但情况并非如此，因为我们十分关注标题的字面意思，我们观察到了句子里的将来时。如果马拉美想要表达一个理论上通用的法则，为什么他不用现在时写"骰子一掷不会改变偶然"（Un coup de dés jamais n'abolit le Hasard），而是用将来时写"骰子一掷不会改变偶然"（Un coup de dés jamais n'abolira le Hasard）？我们会说：前一种表达带着命运使然的口气，胜过后一种表达。这当然是对的。然而，难道这个选择的背后没有一个深层的原因吗？辞藻的选择对马拉美来说难道只是文风问题吗？我们应当思考，为什么将来时背后的意义与现在时表达的意义不同。原因浮出了水面：标题想要确定的内容不是"骰子一掷不能摆脱偶然"，而是"骰子一掷不能再次摆脱偶然"。换言之，唯一一次能够摆脱偶然的掷骰子的动作已经被我们正在欣赏的诗歌完成了。正如我们所言，我们不能重复马拉美的行动，因为复制只会沦为滑稽的模仿。一切事物必定都是偶然的，连偶然性本身以及化身为偶然性的诗人唯一的行动也是偶然的——它有一次机会，它仅此一次机会，然而一次便成就了永恒。永远没有第二次机会。绝对没有！

《骰子一掷》试图将世界史一分为二：以一个标记为 0 的事件作为起点重新计算时间，譬如耶稣的诞生。这是史前与史后之间绝对的断裂，这是唯一、不可复制、前无古人后无来者的抉择，而马拉美就是"唯一一人"（unique Nom）。

晦涩的文字

但我们所有的假设都脆弱不堪，因为我们还不能证实 707 的计算结果之中真的存在可以让数字变得无限的不确定性。所以我们必须核实第二个假设：数字的结果存在轻度的不确定因素。然而，如果存在这样的不确定性，那么我们就必须确认数字存在的真相：算术的不确定之处，以及诗歌表达的意义——诗歌里某个插曲表达的意义——是造成它不确定的原因。数字被双重加密——算术的手法以及文本的暗示（字数和漩涡的字谜）；同样地，数字的不确定性（bougé）也被双重加密。但我们要做的不再是像之前那样寻找表达数字的无限性的线索。要说明算术的不确定性，我们必须找到与用页面的漩涡来暗示数字为 707 的相似例子。这就是说，要在诗里寻找算术程序造成困扰因而成功实现算术的地方。在再一次检视计数规则之前，我们应该寻找这样的页面。

我们手上握有一个重要的线索，它能帮助我们达成目的：一封 1897 年 10 月 9 日马拉美写给卡米尔·莫克莱尔（Camille Mauclair）的信件①。在信中，诗人谈到了哑音 e 的重要性，他认为哑音 e 对维护规则诗体尤其重要：

> 我一直以为，哑音 e 是诗歌的重要表现方式。根据这个观点，我总结出了一个有利于规则诗体的结论：这个我们可以任意使用的音节，不管是否被人注意，都保证了一个固定数字的存在。在主流的诗歌里，固定数字浑然天成，信而有征；脱离了主流的环境，它便岌岌可危。②

要理解这段话的含义，我们应当回到十九世纪末，回

---

① 当时，他在修改《骰子一掷》的最终版本。
② 见《全集卷一》，第 818 页。

144

忆当时围绕哑音 e① 展开的热烈争论。这场追溯到十八世纪的争论②，它的主题是规则诗体里哑音 e 的发音规则——是否应当放弃格律规则而采用常规发音法处理哑音 e。主要的争议是，我们是否应该为了强调传统诗歌里 6-6 形式的顿挫法（césure）而用格律的规则强制发出在口语中被忽略的哑音 e。或者，我们是否应该效仿戏剧演员的做法，尊重自然的发音和分句法③，舍弃单一的传统——

---

① 格律大家们更愿意把 e muet（哑音 e）称为 e caduc（无效的 e）或者 e instable（不稳定的 e），因为所谓的哑音 e 并不是在所有情况下都不发音。但我们仍保留了马拉美以及他同辈人采用的名称。

② 关于这场争论的始末，参见茱莉亚·格罗·德·加斯凯（Julia Gros de Gasquet），《十二音节诗——十八至二十世纪的悲剧演员及其艺术》（ *En disant l'alexandrin. L'acteur tragique et son art*, *XVIIIe-XXesiècle*. Paris：Honoré Champion，2006），第 332—338 页。关于十九世纪的部分，也可参考米歇尔·缪拉（Michel Murat），《自由诗》（ *Le Vers libre*. Paris：Honoré Champion，2008），第 96—97 页。

③ 分句法（le phrasé）本质上是对句法规则而不是对格律的继承。我们通过呼吸的频率消除诗歌格律的限制（主要是格律外部的限制），达成突显句法的作用；而不是沿袭朗诵技巧的机制以诗尾的断句制造停顿或者重音。分句法类似一种非格律模式下省略哑音 e 的规则，因为我们达到了（至少部分达到）以句子的听感代替诗句的听感的目的。若想了解更多十九世纪的分句法，请参考茱莉亚·格罗·德·加斯凯（Julia gros de Gasquet），《十二音节诗——十八至二十世纪的悲剧演员及其艺术》，第 175—186 页。

十二音节诗在诗尾停顿——并坚持省略哑音 e 的一般做法？

以拉辛的二行诗为例：

> Qu'il ne se borne pas à des peineslégères：
>
> Le crime de la sœur passe celui des frères.
>
> 不要让他轻轻地责罚就算了事：
>
> 妹妹的罪恶只能胜过她的弟兄。①

遵守诗歌规则的情况下，我们必须发出 borne、peines、crime 和 passe 的阴性词尾。如果单词词尾的哑音 e 位于两个辅音之间，那么传统格律把它算作一个音节（crime passionnnel），而 e 后为元音的情况下则不把它算作一个音节（foll［e］inquiétude）。如果我们不把上述二行诗的 e 计为音节，那么我们不仅缩短了诗歌的长度，还改变了它的内部结构——诗歌的顿挫和它的断句——使得每一句中断句的位置不能保持一致。然而，诗歌的顿挫对听众而言至关重要，因为它能帮助听者识别十二音节诗里每一句同样长度的诗句。所以，波努瓦·德·考纽烈指出，一旦诗句多于八个音节，我们便无法自动识别两句诗的格

---

① 此处为华辰先生的译文。参见《拉辛戏剧选》，上海译文出版社，1985 年。——译注

律是否相同①。

　　"短"诗——不多于八音节的诗——不需要这样的内部结构就能被识别。而如果"长"诗——比如十音节诗和十二音节诗——想要被人辨认出来，就需要含有一种"固定的顿挫"把它们分为少于八音节的断句：对这两种"长"诗而言，传统的断句方式分别为4-6和6-6；而浪漫主义为十二音节诗提出了按4-4-4断句的选项。只有在这些情况下听众和读者才能感受到重复：在传统的十二音节诗中，我们认为不停重复的，不是含有十二音节的每句诗，而是六音节的半句诗。为了使这个顿挫能够被耳朵识别，我们必须遵循严格的规则。传统的诗人无一例外地坚持这

---

　　①　参见波努瓦·德·考纽烈（Benoît de Cornulier），《诗歌理论——兰波，魏尔伦，马拉美》（*Théorie du vers. Rimbaud. Verlaine, Mallarmé*. Paris：Seuil，1982）。"八音节的心理格律法则"（loi psycho-métrique des 8 syllabes）具体指的是：（1）我们可以在最长为八音节的诗句中找出相同的格律（因为在一些情况下，我们只有在不多于这个音节数的诗句中才能识别出相同的格律）；（2）我们自动识别的是相邻诗句之间音节数量是否平等（诗句相继被听众听见或者被读者朗诵），而不是属于每一句诗的音节数。根据这个八音节法则，就可以辨别一串诗句是否具有相同的格律，尽管我们不能指出准确的格律是什么。对相似性的自动识别是一种心理现象；而对一种具体格律（比如十二音节诗）的自动识别属于文化现象（我就有过"以音辨诗"的经验）：继第一种现象后，第二种现象也可能发生，但两者的性质不同。

种规则，浪漫主义诗人也广泛地受到这种规则的影响①。

因此，很明显，哑音 e 发音规则的要点在于听众对节

---

① 传统的顿挫对诗歌的格律非常重要，它需要符合四项规则：两项句法规则和两项发音规则。句法规则：顿挫不能从内部破坏一个单词，也不能将一个单音节词（un proclitique）或一个单音节的介词与它后面的单词分开（proclitique 指的是一个与下一个单词组成语义单位的单音节词，譬如冠词、主语代词、指示限定词）；发音规则与哑音 e 有关：哑音 e 不能是诗句的第六或者第七个音节。

这些规则不是随机的，忽视这些规则而写下的十二音节的诗句，听众感受不到其中的句长规则。拉辛以散文体写下的 C'est à vous de voir com // ment vous vous défendrez（你怎样为自己辩护，这要看你自己），正是因为顿挫的位置在一个单词内部，所以这句话不论对读者还是听众而言，都不能被辨别为含十二音节的句子。只有通过"扳手指"（compter sur ses doigts）才能数得出它的音节数。拉辛的另一个句子也是这种情况：Tu ne fus point coupa // ble de ce sacrifice（你未曾是这场献祭的罪人）。句中的第七个音节是哑音 e。如果按照顿挫的规则进行改写，这两个句子就会自然地显示出两者相同的格律，因为这样一来我们可以感受到一分为二的半句都是一样的长度：Et vous verrez comment // vous pourrez vous défendre（你就会知道你能够怎样为自己辩护）Tu n'as point eu de part // à cet assassinat（你从未涉足这场谋杀）。固定的顿挫限制了诗歌。但格律的作用不是作为一种外来、人为制造的惯例来掌控诗歌（就好像用散文体写出漂亮的句子，并让句子符合音节数和韵脚保持一致的规则），而是从根本上决定诗歌的结构。

关于我们举过的例子，见茱莉亚·格罗·德·加斯凯《十二音节诗——十八至二十世纪的悲剧演员及其艺术》，第 32—35 页。

奏的理解：我们能否从重复中听到诗句的格律，它的关键是遵守哑音 e 的规则。所以，e 本身不是关键所在：起到关键作用的不是它的发音机制、发音的概率，或者发音规则的多变。问题的核心不在于 e 的发音（e 几乎不用发音却因不断的重复而清晰可辨），而在于是否把它算作一个能够听到的音节。因为我们的关键任务是确定一个事实：受到一定音节数限制的格律诗是否能在听觉上被视作格律诗。换言之，格律本身是一种能够用听觉识别的诗歌的性质吗？还是说，格律是诗歌已经不能或者不再适用的"坐标"，因为它代表的是一种过时的风气，我们可以把它从诗歌中抽离出来并赋予诗歌活力，就像蛇类褪去它的死皮一样？支持省略哑音 e 者选择的是后一种解释。对他们而言，强制发音使得发音的行为沾上了人为的气息，甚至使它在现代的听众看来显得有些可笑。系统地发出哑音就像是让古典诗歌——拉辛式的诗歌——死而复生，但当代人不能用耳朵进行辨别，这样的规则不仅过时，也不再拥有诗歌戏剧性、跨越时间的美。如果拉辛的二行诗——我们举过的例子——应当省略哑音 e，那么从我们口中冒出的不是十二音节诗，不是两句诗，而是两个句子：缺了第四个音节位上重复出现的顿挫，这两个传统十音节诗变为长度为十音节的句子，更像是"押韵的散文"。尽管在这个例子中 5-5 的韵律没有消失，我们感受到的对称性变为：

Qu'il ne se born' pas // à des pein' légères

Le crim' de la sœur // pass'① celui des frères

　　这样看来，只要我们清楚意识到这场争论的症结所在，那么不论面对什么情况，我们都可以找到足够严肃的论据来解决哑音 e 的问题。但现在我们还需认识到，我们只是以这个时代的方式展现了这场争论，这并不能帮我们理解马拉美提出发音建议的时代背景。十九世纪，人们对事物的理解更加错综复杂。它背后的一系列原因让我们现在一一道来。

　　马拉美向莫克莱尔写信的那个时代，哑音 e 的发音不仅被演员边缘化，也因从 19 世纪 40 年代起主导法语格律的"重音理论"（théorie accentuelle）而被弱化。这个由斯考帕（Scoppa）于十九世纪初发起的理论要求把法语诗歌向欧洲古风——特别是意大利诗歌——靠拢，从自成一派的音节文字法中解放出来。我们要证实的是，规则诗体不是以音节数为其首要要素，而是像旧诗体一样，以固定的韵律格式——重音的节拍——为特征，譬如基什拉（Quicherat）把十二音节诗的重音放在句中和句尾来加强半句（hémistiche：十二音节诗由

---

　　①　如果在这里用一次短暂的停顿来代替 e 的发音，那么我们可以避免发出太多"不雅"的 [s]。

四音步诗［tétramètre］组成）里灵活变化的重音①。根据这个理论，决定格律的是诗歌的音步划分而非音节分布，是重音组合的数量而非音节的数量。是规则的重音而不是（诗句或者每个半句里）重复的音节使得我们可以察觉到诗句共同的音步。十九世纪末自由诗体的出现似乎是对重音规则的积极认可，因为这种新的诗歌形式不仅告诉我们音节数不是诗歌重要的一环，还告诉我们应当寻找统一的韵律来划分节奏。

今日，我们知道——特别是从考纽烈（Cornulier）的作品中了解到——重音理论无法用来观察规则诗体的结构，我们也不能只凭固定的格律便断言音节数②。但十九世纪

---

① 让我们再拿上面提到的《费德尔》（Phèdre）的诗句为例：Qu'il ne se borne pas à des peines légères。

② 关于重音理论的始末以及当代的批评观，见让-米歇尔·古瓦尔（Jean-Michel Gouvard），《诗歌批评》（Critique du vers. Paris：Honoré Champion，2000）（法语格律学与比较格律学），《序》和《第一部分》。重音理论的主要缺陷是在法语中重音没有固定的规则：它可能涉及句法（重音落在一个单词或者一个语法单位最后一个非哑音的音节上），也可能涉及文体（口头对第一个音节加上重音）。我们也苦于无法对矛盾的选项做出抉择（是否存在一种落在较长单词倒数第三个音节上的非重读的重音?）。为了解决争议，格律学假自然也提出了主观意见，因此，没有一个说法能让所有人都接受。此外，决定顿挫位置的规则与重音无关，而与句法和语音有关：如果我们只从韵律出发，那么诗的内在结构就得不到仔细又客观的研究。

末，重音理论的主流地位成为反对强制取消哑音 e 一方
的"勉强"论据，这也加重了哑音 e 争论的混乱情势。
为了让争论能够得到解决，或至少清晰地整理出争论的
脉络，我们必须用之前提到过的词汇来表述：要么我们
决定让规则诗体的格律能够被耳朵识别（规则诗体受音
节数限定），要么我们就否定这种做法。所以，忠于作者
主张的格律（听到上下一致的音节规律来判断格律的重
复），还是渴望维持诗歌与灵活的语言实践之间的联系，
两者的目的是不同的。当我们意识到格律是由音节决定
的，我们马上就会认识到，哑音 e 的省略使得 e 不能被耳
朵抓到。然而，由于重音理论在十九世纪末的盛行，哑
音 e 的反对者们，甚至还包括哑音 e 的维护者们都没有明
白，争论的关键就是格律，而不是字母本身该如何发音。
事实上，哑音 e 从未被重读，保留还是省略 e 的发音并不
能改变诗句中重音的数量。一些语音学家，譬如保罗·
帕西（Paul Passy），为了口语之便而提倡完全取消哑音
e。他认为这样做不会改变仅由重音数便能决定的格律

（比如三音步、四音步的十二音节诗体等）①。

人们模糊了争论的焦点，因为哑音 e 的支持者们与他们的对手一样都把语音学——而不是格律学——当作了战场。他们认为我们可以用不同的发音方式处理哑音 e，并主张即使我们没有把它放在一个显眼的音节里，我们仍然能够听到它的存在：他们认为 aimée 的发音不同于

---

① 见罗贝尔·德·苏扎（Robert de Souza），《哑音 e 在法语诗歌中的角色》（Le rôle de l'e muet dans la poésie française），载《风雅信使》（*Mercure de France*），1895 年 1 月，第 7 页。苏扎引用帕西的观点，后者最后取消了阳性的 e，其中包括了在单词内部的非重音的 e（syncope）。按照这种规则，拉马丁的《不朽》（L'immortalité）变得非常滑稽：（同上，第 5 页）

　　Pour moi, quand j'verrai dans les célestes plain'
　　Les astres s'écartant de leur rout' certain'
　　[...]
　　Seul, je s'rai d'bout ; seul, malgré mon effroi...

张秋红先生的译文为：

至于我，一旦我看见繁星
在天空的原野上偏离了确定的途径
……
只有我活了下来：也许只有我不顾自己的恐惧心理

单引号替代了原来的 e，因此，je verrai 变成 j'verrai，plaine 变成 plain'，routes 变成 rout'，certaines 变成 certain'，serai 变成 s'rai。——译注

aimé，认为 gêne 的第一个音节因哑音 e 的存在而得到延伸，即使哑音 e 在发音时被省略，等等①。换言之，我们维护的发音规则对音节数没有任何影响（不论单词 gêne 里的 ê 是长音还是短音都不能改变音节的数量，aimée 与 aimé 都是一样的音节数）。我们处理 e 的发音时，并未曾意识到，我们应该注意的不是字母带来的听觉效果而是格律规则带来的听觉效果。

十九世纪末自由诗诞生之后，我们愈发混淆两者之间的差别。事实上，这种诗体的其中一种特点便是通过哑音

---

① 同 152 页注①，第 12—13 页。aimée 与 aimé 不同的论点来自伏尔泰，他在一封著名的信中指出了这个字母的重要性：致德奥达蒂·德·托瓦兹（M. Deodatti de Tovazzi）先生的信，1761 年 1 月 24 日。茱莉亚·格罗·德·加斯凯在《十二音节诗——十八至二十世纪的悲剧演员及其艺术》第 334 页引用了该信。Maurras 在《内在的音乐》（La musique intérieure. Paris：Grasset，1925）的前言里同样提到了两者的不同。作为维护传统发音规则的空论派，他不惜一切手段维护自己的观点：他以半取乐半严肃的态度积极地拿兰德鲁（Landru）的诗歌为己用，只为了证明，支持省略哑音 e 的人中有一位人士的作为使他们威信扫地。这位"女性杀手"也是一位阴性词尾 e 的杀手：他的诗里显然没有把阴性词尾 e 算作音节之中。他对元音 e 毫无根据的裁剪按照法兰西行动（l'Action française）的标准来看，足以被绑上断头台。

e 的发音规则而确立了不确定原则：它使我们摆脱了建立于固定音节数之上的格律，也减少了发音规则的限制。读者可能会因碰到模棱两可的情况，而在不同的选择间犹豫不决：采取符合"诗歌"的发音规则——读者需要发出 e 来使诗句与我们所认识的规则保持一致；还是采取日常的发音规则——读者只需省略 e。让我们以古斯塔夫·卡恩 (Gustave Kahn)《移动宫殿》(Le Palais nomades) 一诗里（普通）的诗句为例：

> Cycle et volute
>
> En trilles de flûte
>
> Vers des paradis pleins de nus inconnus
>
> Forme vestale
>
> En ton ombre s'étale
>
> Le tapis d'Orient des Édens continus

> 圆环与漩涡
>
> 乘着袅袅笛声
>
> 冲上住满陌生裸人的天堂
>
> 维斯塔贞女
>
> 你的影子映在
>
> 生生不息的伊甸园的东方地毯上

在第二句诗中，我们应当发出 trilles 里的 e 来使诗句凑足 5 个音节，还是采用日常的发音规则省略元音 e 而使它含有 4 个音节，与第一句诗一样？不论是复合元音的分读，还是相邻元音结合为二合元音，问题的关键都是音节数。我们应当以十二音节诗的方式理解六行诗里的最后一句——分读 Orient 里的元音（O-ri-ent）——还是采取常用的方音方式（O-rient）以获得一句不那么常见的由十一个音节组成的诗句？

这个例子让我们了解到，自由诗的倡导者不仅自由地改变了诗句的长度，他们还通过改变诗句的长度，为我们展现了每一句诗里格律的不确定性。从此以后的诗句不再以同样的、规矩的长度出现，也不再以一种确定的准确长度出现，而是成为许多不同的"个体"。诚然，古斯塔夫·卡恩认为阅读应该采取模糊的方式进行，并且完全反传统：他希望我们始终参考日常的发音规则，无视哑音 e 给我们带来的模糊空间。但这只是一种漂浮于自由诗体表面的外部规则①，而不是新诗体自身的要求。事实上，在象征主义运动里，卡恩不同于其他主张自由诗体的诗人，

---

① 见《早期诗歌》（*Premiers poèmes*）的《序：论自由诗》，第 31 页。

他似乎是认为应给哑音 e 强制套用某种规则的唯一一人。他的同辈们（拉弗格［Laforgue］、维尔哈伦［Verhaeren］、维埃雷–格里芬［Vielé-Griffin］、雷尼埃［Régnier］）则认为"自由"诗体的灵魂是一种小小的不确定：读者在不确定之下才能自行计算音节，自行选择韵律。

围绕哑音 e 而展开的争论让公众提前感受了自由诗体将会带来的听觉变化，因为即便在规则诗体里，我们也可以自由地选择发音方式。演员与读者一样，夹在不同的论据中间左右为难，任何一方都无法完全说服另一方。他们似乎将要做出关于古典诗歌的发音规则的选择：如果这个选择有利于传统格律，那么这只会让自由诗体顺理成章地变得更加"合法"；相反地，自由诗体可以把诗歌从音节文字法（syllabisme）中解放出来，它将为重音的分析带来决定性的论据。此外，自由诗体还支撑了语音学家的观点——他们倡导的日常的发音规则对新诗歌而言，不仅"合法"更是最合适的选择。从某种角度上来说，对旧诗体采用新的发音规则，以及在新诗体中再现模糊的空间的两种趋势，相互作用，相辅相成①。

但是，这种论据之间的相互"感染"也说明了当时没有人摸得清情况；而我们现在知道，针对格律诗（音节诗）和非格律诗（自由诗）里的哑音 e 的问题，我们必须采取不同的处理方式。格律诗的哑音 e 涉及的是诗句的音步；非格律诗里的哑音 e 涉及语音的协调。尽管如此，十九世纪末的"现代主义者"仍然认为，音节文字法和韵脚只不过是先贤被动服从的社会陋习。对传统发音方式的反对者而言，他们需要寻找古典诗人和戏剧家内心的"音乐"，他们认为这样的"音乐"使他们超脱于捆绑他们的规则，因为这些规则本身没有文学价值。

在这样的背景下，自由诗体似乎自然而然成为诗歌的

① 然而，自由诗体的主张者们似乎并没有借重音理论来支撑他们的论点。作为他们之中主要的理论家，古斯塔夫·卡恩主张废除诗句里的重音（重音位于每一个语法单位的最后一个非哑音的音节），而重音正是重音理论的基础。他用一种难以准确察觉的"脉冲音"（accent d'impulsion）代替重音，而这种"脉冲音"更多地取决于文风而非语法。见《早期诗歌》中《序：论自由诗》，第 29—30 页；以及罗兰·毕埃特里（Roland Biétry）《象征主义运动时期（1883—1896）的诗歌理论》（*Les Théories poétiques à l'époque symboliste* [1883—1896]. Berne：Peter Lang SA，1989），第 182—190 页。总之，重音理论不像严格的音节理论，它为倡导自由诗体的诗人们留下了更多的发挥空间。而这可能就是与音节理论优势不同的重音理论带给我们的主要审美体验。

最终解放形式。它继承了浪漫主义诗歌以及象征主义诗歌灵活的格律，与十七世纪的"刻板"之风划清了界线。我们并不理解，也不赞成自由诗体支持者们的观点（他们以为自由诗与前人的冒险有着本质的区别），因为自由诗并没有让格律灵活起来，而是索性删去了格律。所以，我们似乎可以理直气壮地让规则诗体与新诗体一样变得自由（通过哑音 e、复合元音的分读以及相邻元音结合为二合元音），让旧诗体享用新的发音规则在音乐上的自由性。这将把真正的先贤（拉辛、莫里哀、拉封丹）从死亡中解放出来，从马莱伯（Malherbe）和布瓦洛（Boileau）在他们身前对他们施加的"严酷桎梏"中解放出来。

我们必须绕这个大圈子才能准确理解马拉美在这场争论之中的角色。在给莫克莱尔的信中，他认为若要避免诗歌以自己的韵律主导朗诵的节奏，在十二音节诗里哑音 e 就必须享有根本的自由。所以我们必须从写作层面——就像马拉美为了达成这个目的，增加了跨行（enjambement）和移位（rejet）的频率（主要在《牧神的午后》[L'après-midi d'un faune] 中）——以及从发音规则着手为诗句"松绑"。所以诗人才能坐实存在于规则诗体里的不确定性，而正是这种不确定性让诗人接近自由诗：不论哪种诗体，每位读者都可以自由地赋予诗歌自认为最合适的节奏。

那么，为什么要采用"现代人"的观点呢？原因是，马拉美试图通过拒绝抱守陈规的反对派提出的论据，来维护固定格律的正当性。如果有可能或者有希望在规则诗体的阅读中加入一些弹性，我们便不能继续攻击它的刻板。我们便不能把格律当作是自由诗的特殊、随机的版本。对卡恩而言，规律性和韵脚是自由诗带来的可能性，是自由诗体包含的众多可能性之一；他认为新的诗体是一种共性（universalité），而格律诗不过是一种经过沉淀而出现的特殊的表现形式①。马拉美的主张则与之相反：固定的格律一旦沾上了哑音 e 的不确定性，便将成为一种普遍化的形式，与它相反的自由诗是它的可能性之一。自由诗不可能包含格律诗，因为我们不能将自由诗潜在的规律性（意义与节奏）与诗人修改不了的严格规则相提并论。格律与韵脚的本质在于它们是对诗歌系统的限制，而不是可供任意选择的表达手段。如果马拉美把格律视为一种仪式化、面向公众的诗歌存在的条件，那也是因为格律是一个先于个人选择的必需条件，它能承载为"所有人"而进行的"咏唱"（Chant）。但是，一旦规则得到执行，即，十二音节诗被视作固定的形式，我们便能让每位读者在阅读诗歌时持有一种不确定的态度，让诗歌除了有面向大众的一面之外，还有让每个个体通过这个公共工具进行自我发挥的空间。

① 古斯塔夫·卡恩，《早期诗歌》，第 16 页。

书面的文字是死的，口头的表达是活的，这正是固定的格律能够将传统的规则和现代人主张的自由兼于一身的原因。

我们认清了马拉美的梦想：他想要制定一条兼具"趣味"的严格规则，让诗歌——先让十二音节诗——自由地变换节奏，让十二音节的划分符合日常、自然的发音规律；同时，这条规则还将因为一个字母发音或者不发音的有限的变化空间而获得不确定性。诗人似乎想要让十二音节诗成为永恒：12 是一个固定的数字，但同时也可能并非是固定的数字。与偶然一样，马拉美的格律包括了与它矛盾的选项——没有强制规定哑音 e 如何发音的自由诗。

但在上述例子中，他的想法遇到了瓶颈。我们说，十二音节诗体现了固定的格律，尽管它的规则允许读者在发音规则上不拘一格，却要求文字不能出现丝毫差错。12 个音节在诗里必须清楚可辨，韵脚也是一样。没有任何十二音节诗的诗句可以单独存在：就算诗句的停顿是规则的（比如阿波利奈尔仅有一行的诗《歌手》［Chantre］），它也不再是一首十二音节诗，因为十二音节诗体本质上需要一对位于两个诗节或者两行的韵脚。通过哑音 e，我们可以（在口头上）玩弄规则，而不是否定或者怀疑它的存在。尽管我们赋予了十二音节诗体自由，但它身上并不存在严格意义的"非存在"的可能性；所以十二音节诗体不能按照偶然的模式成为永恒。

我们假设《骰子一掷》的格律里，也存在类似规则诗体里哑音 e 一般的不确定性（至少在马拉美写给莫克莱尔的版本里是这样），但任何教授格律的教科书都未曾告诉我们存在这样的格律。数字之所以独一无二，是因为我们只能从它所支配的诗歌和散布于诗歌中的线索来了解它的存在。我们靠的是假设，而不是清清楚楚、由不得我们否认的传统规则。因此，如果我们在从唯一的格律中衍生而来的密码中发现了不确定的因素，那么我们应当怀疑数字和数字的规则。格律本身要求一种极端的不确定原则：要么数字存在，要么数字不存在。不管哪种情况，我们都能为其找到严格的论据支撑，只要我们能够证明字数的模棱两可并且找到诗里这种模棱两可的片段。这样说来，马拉美曾经试图创作出一首既包含了自由诗体的"趣味"也要求规则诗体里那样准确的音节数的诗歌（与《骰子一掷》相同格局的诗）——所以它既要求规则，也要求没有规则。摇摆于两者之间的诗能够集合现代诗歌的两个方面，而唯有摇摆的态度才能展现它无限的本质。

因此，现在到了探索主人弥足珍贵的失败经验的时候了。

塞　壬

在第一部分，我们从两个方面——文字的内容（漩涡的字谜）以及用文本（字数）表达 707 这个密码——肯定了数字的存在并确认了投掷动作的发生。

如果我们想要用同样的方式证明密码是无限变化的，我们就必须重申两大证据。首先，我们要找到文本中间接地以数字的变化（bougé）为主题的内容；其次，用文本将一个确切的数字从算术原则中解放出来。

如果我们解码成功，我们将面对一个矛盾：我们不确定解密的真实性，即使它看起来经得住考验。解码的两个角度互相矛盾：

（1）字数计算的结果不那么完美，这可能是马拉美刻意造成的，也可能因为这样的算术把戏仅仅只是马拉美未曾实践的想法。通过文本内容进行的第一层解密使得存在密码的观点本身有些站不住脚。解密的行为本身也将摇摇欲坠，向我们的假设本身提出了疑问：字数的偏差使得我们转向另一个假设，即不存在密码，所以无须进行解密，一切只不过是烟幕弹。

（2）但如果我们在文本里提到了总数的偏差以及假设的改变，继而使我们认为事实上什么都没有发生，那么我们将更加确定马拉美事先计划好了一切。所以这一切都是详尽计划的产物。

两个解密的角度造成了"不确定"与"更加确信"的复杂情绪，随之造成了两种矛盾见解之间的"波动"。第二层密码越是浮上水面，我们越是犹豫是否要坚持认为它是正确的。然而情绪的摇摆将会变得更加剧烈，因为塞壬的插曲恰好揭露了以下矛盾：我们发现的事实如此变化无常和脆弱不堪，我们甚至不知道"事实"是否真实存在。"闪烁其词"为的是最后一个选项里耀眼的"可能"（Peut-être）：什么都没有发生，除了唯一"可能"的那个星座。

* * *

我们先要确定诗文里是否提到了字数的误差。可诗里出现了一段文字，它不谈格律而是谈起了格律的无限变化。这段文字就是第 8 "页"上塞壬的小插曲，我们已经聊起过它：

soucieux
    expiatoire et pubère
              muet   *rire*

                        que

                      SI

La lucide et seigneuriale aigrette de vertige
         au front invisible
      scintille
        puis ombrage
une stature mignonne ténébreuse debout
      en sa torsion de sirène
                 le temps
                    de souffleter
par d'impatientes squames ultimes bifurquées

             un roc

          faux manoir
            tout de suite
               évaporé en brumes

             qui imposa
               une borne à l'infini

忧虑的
　　愧疚和青涩的
　　　　　无声的　　　笑声

　　　　　　　　　　　　　　像

　　　　　　　　　　SI

　　　　明亮的羽毛属于天主造成晕眩
　　　　　它的正面不可见
闪光
　　　阴影随之而来
　　美艳的身躯影影绰绰站立
　　　变为人鱼
　　　　　　　　当
　　　　　　　拍打
　　　用不安的鳞片分裂出细小的鳞片

　　　　　　　一块岩石

　　　　　　伪装为城堡
　　　　　　　突然
　　　　　　　　蒸发为雾气

　　　　　　套上了
　　　　　　　无限的桎梏

展现了漩涡的第 6 "页" 是 "展现格律和韵脚的页面"，类似地，第 8 "页" 可被称为 "展现哑音 e 的页面"。首先因为这里有大量阴性的名词和形容词：有时一个短语里每个单词都是阴性的（lucide et seigneuriale aigrette de vertige），有时连续三个单词是阴性的（stature mignonne ténébreuse，impatientes squames ultimes）或者几乎是连续的（vertige / scintille / puis ombrage）。这样称呼第 8 "页" 的终极原因是页面上方的短语：它是无限的，它甚至包括了这个变化多端的元音的名字。

pubère

muet

rire

当然，讽刺的是我们在这里听到了字母的名字（哑音 e），但字母——"pubère" 里的 e——不是一个哑音。它的意义再明显不过了。在 "隐藏" 的字谜的帮助之下，塞壬的插曲暗示，作者想要谈论诗歌严格的规则和规则的放宽。

这个场景描述的是什么呢？主人被海水吞没：第 6 "页" 的漩涡吞没了他，海面上只剩一顶帽子——帽子无疑就是他的——和一根从帽子上掉落的羽毛（第 7 "页"）。羽毛再也不能装饰一张消失了的面孔：羽毛借星光而闪烁，就像漩涡边的晕眩感。这时，一位女妖（塞壬）突然从水中现身。她就出现在羽毛漂浮的地方，似乎羽毛装饰的不是我们消失的主人公，而是这位大海之子。星光下可见羽毛的一面，而藏在阴影（ombrage）之下的则是被羽毛装饰起来的塞壬。作者不忘进行文字游戏：羽毛将塞壬染成漆黑（ténébreuse），惹怒了这位可爱（mignonne）的生灵。她的尾巴扫过一块石头（un roc），石头便瞬间消失了。我们可以把黑色的帽子（toque）当作这块岩石，因为帽子就像是一块从水中探出身来的深色石头，远远地被雾气包裹为一座"城堡"（faux manoir）。帽子属于主人的夜晚，属于他内心暂时的有勇无谋（petite raison virile）与狂野（这是他疯狂［toqué］的一面）；羽毛属于主人的星空（清澈的星空［lucide］）。塞壬接替了已故的主人，她是即将继位的王子妃。这样的她将有限的时刻与无限的时刻区别了开来：有限的是将我们引向707的严格而模糊的计算规则（黑夜、帽子和被击碎的岩石）；无限的是对数字结果感到摇摆不定的一瞬间（闪光的羽毛是塞壬的饰品）。塞壬的一跳，短暂而坚定。它摧毁了由受算术结果制约（borné）的格律化身的"岩石"（roc），而这个结果过度的精确性成了它的限制，给它套上了永恒的桎梏（imposa une borne à l'infini）——707本身就是桎梏。

我们不需要研究诗里的奇幻元素（fantastique），因为我们用不着确认诗歌里的塞壬是否真实出现。《骰子一掷》似乎只是叙述一些看似奇怪但在自然界的法则之下仍旧可能发生的事件，而《骰子一掷》的诗性在于用象征手法表现这些事件。所以，作者在诗末写到的空中的"骰子一掷"（lancer céleste），不过是星座奇妙的变化以及诗人向我们提出的要求——他让我们从海面上以遇难者的角度观察黑夜，尽管我们认为这片海域仍旧汹涌，它通过心灵的潺潺流水（inférieur clapotis quelconque）消除万物的痕迹。我们必须——甚至应当真实地再现塞壬的故事，发现它的美妙之处。船长落水之后，我们可以幻想这样的场景：水面之上曾经浮动着被漩涡击碎的船的碎片，随后漩涡又马上将碎片卷走。船的船首就在碎片之中，而船首常常会有一尊塞壬的头像（figure d'une sirène：这是 stature ［身躯］一词的来源）。这尊塑像凭借微妙的偶然出现在羽毛漂浮的地方，在她沉入水下之前完成了"使命"，再沐荣光。这就好像是主人自己没有消亡，而是以一个奇幻生物的形象重新出现在水面之上。我们视野里的景象既有虚幻之处也有在理之处——就像是我们在埃德加·爱伦·坡短篇小说里碰到的那些场景，马拉美对这位大师赞许有加。

　　主人的变身意味着什么？塞壬（si-rène）是被音符 si

加密的数字，而 si 是诗歌的女王（reine）①。第8"页"上方的 si（muet rire que SI）登上了荣誉的王座，它的身形堪比第6"页"上直抵天际的深长的漩涡（笑声忧郁［soucieux］，但笑声同时处于天空之下）。从她美艳的身躯（stature mignonne）上分裂而来的细小的鳞片（squames ultimes bifurquées）也用它的两个弯钩展现出 S 的形状，就像法语里书写数字7时用一横杠将它一分为二（bi-fourchu）。数字从将它加密的漩涡中露出端倪，破坏了一直困扰主人的有限的枷锁：密码促成了格律之后，格律从密码中解放出来，反而成了一种限制。而从下一页开始，格律永恒的假设性质和虚拟存在形式将扩大影响（譬如 C'ÉTAIT ∥ LE NOMBRE /EXISTÂT-IL）。格律诞生的过程因空想而受到阻碍，因为空想的结果只是一些有限的计算结果。

主人的变形在他身上自然发生了。我们记得摇动骰子的拳头（poing）已经引发了主人公的变形，但动作被限制为条件式，而不是直陈式。现在，诗人——也就是《骰子一掷》的作者——成为他笔下虚构的对象，因为以塞壬的形象死而复生的正是马拉美本人。得益于计算结果的不确定性（不为人所知），数字已经变得无限，它的无限性不

———————

① sirène（塞壬）一词里的 rène 与 reine（女王）发音相同。——译注

再是投掷者之过。这位投掷者正是写下了这首诗和数字（Poème-Nombre）的马拉美。马拉美以他自己的一部作品描述了他肉身的死亡和他的复活（严格地说，塞壬站立着）。他的身体消亡了，但他的精神——他的遗产，或者被人记住的马拉美——以一个集合了所有偶然的选项的假设状态回到了我们的视野里：他投出了骰子，也没有投出骰子；他赢了，也输了。在同一时间和同一逻辑下，二者合而为一。这个新的实体——死后的作者是诗歌的其中一个创造物——与诗歌最纯粹的幻想一样，也是前后不一、无穷无尽的。马拉美是将自己完全寄托于作品中的唯一作家，是将自己融入页面之内、纸墨之间的唯一诗人。他也是成为文字意义上的"作品之子"（le fils de ses oeuvres）、并实现自我复苏的唯一歌手：他不再依靠"鱼水之欢"偶然地实现生命的降临，而是借助偶然的必然性实现再生。

耶稣的经历得到了完美的重现，也得到了超越背景的复制。首先，主人是他自己的预言家：他是施洗约翰（saint Jean-Baptiste），海水、帽子和羽毛宣布数字仪式开始并判处了他的死刑。随后他成了自己的圣子，以塞壬的形式从死亡中重生。他拥有双重身份：既是文学虚构也是真实的存在。最后，他成了身负疑影的上帝，他在尘世（这片海洋之上）的短暂现身充满了矛盾。被人发现后，塞壬又马上重新跳入海中：他真的得到了永恒，还是说这只是一个幻想？事件发生得太快，事件发生的可能性太低，以至于我们不能肯定任何事情。如果数字——诞生于海难造成的破坏力之中的数字——没有从"模糊的水平面的骚动"（conflagration de l'horizon unanime）中成功现身，如果灾难的原因——岩石——本身被摧毁，那么难道我们不该怀疑，这不是一场真实发生的悲剧，而是雾气和波浪混合作用之下的幻想？塞壬的现身几乎不被人察觉，这向我们暗示了她的存在是矛盾的：她的出现模糊了计算结果，所以她将否定计算结果，并通过计算结果否定她自己的干扰行为——这等于自取灭亡。她一闪而过，而我们作为她的观察者，对她身上发生的事情又是多么无知？所以，"基督的命运"——现代人对耶稣神性的怀疑——最后变为我们对化身为塞壬的诗人这个矛盾存在的怀疑：是确有其事还是凭空捏造？

正如我们所说，计算结果的偏差让我们认为密码存在并着手解密；同时，文本里对这个模糊过程的描述使得我们更加认同一个观点：作者事先预料到了这样的情况，而他指望借此将我们引向一个无限但得到共识的结果。

一个符号

我们已经进行了足够丰富的猜想。既然计算结果乍看之下没有任何疑点（有什么比计算字数更简单的呢），那么我们必须确定它的不确定性是怎样造成的。最后一个需要解决的问题是：什么东西能够像哑音 e 影响音节的计算一样影响字数的计算？

我们意外地得出了答案，但这也让我们疑心重重。在我们头几个月的研究过程中，我们不断重复计算诗歌的字数来保证我们没有犯错。然而让我们惊讶的是，尽管有时我们经过了一整天的努力，结果却不是我们想要的（juste）。我们往往得到的是一个比 707 略低或者略高的数字：708，706，705……虽然我们最终发现了这些错误并确定了我们寻找的数字，但这种困境也向我们揭露了诗歌最根本的性质。

错误的原因是什么呢？是因为诗里出现了三个合成词。我们有时把合成词算作两个词，有时把它们算作一个词。这就是计算结果出现偏差的原因。可以说这是一个完全主观的错误，我们并不能就因此判断，客观地存在一个不确定性原则，因为一个合成词始终是"一个"合成的单词而不是两个单词。对此我们没有任何疑虑，也没有发现这个规则的漏洞。

但事实没有那么简单。三个合成词中的两个没有连字符（这正是我们犯错的原因），它们是第 5 "页"上的介词 par delà 和第 11 "页"上的名词化的介词 au delà①。在确认这种拼写方式的意义之前，我们注意到这两个单词都与天空有所关联，因此在诗里起着重要的作用。第一个词表示紧握的拳头"越过无用的脑袋"（ par delà l'inutile tête），它通过主人伸向天空的最后一个动作预示了主人开始变身。第二个合成词的意义更加重要，它出现在诗的最后，第二个主句的插入语里，确定了最后那个星座的位置。为了方便起见，我们给句子加上了标点："什么都没有发生，只剩高挂空中的一片星云，它远远地与'留白'融为一体。"

----

① 贝特兰德·马尔乔（Bertrand Marchal）主编的七星文集尽管非常不错，但存在一个错误：它以现代的方式修正了两个词的拼写，为它们加上了连字符。伯尼奥版本的问题在于修改了1898 年校对稿里排版使用的字体，而贝特兰德·马尔乔重新使用了马拉美最初希望使用的 Didot 字体。关于我们关心的 par delà 与 au delà 没有连字符的问题，伯尼奥版本沿用了 1898 年手稿的这种拼写方式。1898 年的手稿可见弗朗索瓦·莫莱尔（Françoise Morel）《骰子一掷不会改变偶然：手稿与校对稿》（ *Uncoup de Dés jamais n'abolira le Hasard. Manuscrit et épreuves*. Paris：La Table Ronde，2007）。奇怪的是，弗朗索瓦·莫莱尔在此书中提供了一个按照原稿排版的版本，但却为两个词加上了连字符。而读者可以通过对比发现，几页之前的原稿里并不存在这样的连字符。

（Rien n'aura eu lieu que le lieu，excepté，à l'altitude，*aussi loin qu'un endroit fusionne avec au delà*，une Constellation.）①

奇怪的是，au delà 不是一个介词而被当作一个名词，而且缺少限定词；星座不是与 l'au delà 或者 un au delà 进行融合，而是与 au delà 进行融合。马拉美显然没有采用它的基督教含义，但它似乎仍然暗示着星座占据了单词本身的空间，就如同星座与单词 au delà 的融合，与单词所代表的字数的暧昧性质融为一体②。

但这种暧昧到底出于什么原因？首先是因为法语显而易见的专制。我们知道法语里的合成词有时把两个组成成分捆绑在一起，比如 contresens（曲解），所以，将合成词算作一个词似乎理所应当：contre 和 sens 显然组成了一个词。两个单词的"焊接"（soudure）也可以通过连字符而实现，比如 non-sens（无意义）。在这种情况下，我们自然地认为它是一个词。但还有一种情况我们已经碰到了：

---

① 特此说明。

② 在马拉美的散文诗里，他采用 au-delà 的拼写方式来表示把它用作名词；而为了表示一个词组，他则采用 au delà 的拼写。贝特兰德·马尔乔的版本里这样的区别并不存在（他全面采用了连字符）；而两种不同的拼写被伊夫·博纳富瓦（Yves Bonnefoy）还原，见《依纪杜尔，离题，骰子一掷》（*Igitur, Divagations, Un coup de dés*. Paris：Gallimard，1976），第 135、295 页与 356 页。诗人与出版社对此做出了充分的解释（第 432 页）。

词的两个组成部分被空格隔开。就像 faux sens（歧义）也被算作一个合成词（我们需要想象连字符的存在①，所以它与 non-sens 一样都是一个合成词）。但最后一种情况可能会造成一些暧昧的空间。如果有人反对用两种传统的方式解释一个文本——第一种解读表达了"真正的意义"（vrai sens），而第二种解读表达了"错误的意义"（faux sens），我们所说的 faux sens 实际上是两个词而非一个合成词。我们还可以调换词序，把 faux sens 说成 sens faux（以及 sens vrai），而对合成词来说，这却行不通（non-sens 不能说出 sens-non）。一样的道理："躺椅"（chaise longue）可以是一个合成词（不需要连字符），如果我们指的是一把可折叠的躺椅。但，在口头表达中，如"请坐这把椅子吧，小的那把——错了，不好意思，坐那把长椅（chaise longue）吧——算了，还是这把小的吧……"，这里 chaise longue（长椅）则是两个词的组合。

所以，如果两词之间没有连字符，那么语境可以改变两词表达的意义——以及数量：一个组合词可以变为两个词。此外，我们已经注意到，对于是否采用连字符，法语

---

① 关于这些例子，参考马丁·里格尔（Martin Riegel），让-克里斯特夫·佩拉（Jean-Christophe Pellat），勒内·里乌尔（René Rioul），《法语语法》（*Grammaire méthodique du français*. Paris：PUF, 1994），第 80 页。

极为"专横"：contresens，non-sens 和 faux sens 互为近义词，却依据不同的拼写规则而形成；contrepoison（解毒剂）与 contresens 一样，都把两个单词写为一个单词，而 contre-courant（逆流）则需要连字符。语法也解释不了这些差别的原因。

马拉美那个时代是怎样的情况呢？1901 年——比马拉美完成《骰子一掷》的时间早三年——政府颁布的法令正式规定合成词可以不带连字符①。不管国家的干预是否以"自由"为名，它让我们认识到，书写的规则既不清楚也不统一。总之我们得知，如果密码给了我们"乐趣"，那么原因一定在于合成词的数量。

马拉美在诗里似乎采用了常规的拼写，但如果我们参考原版的《利特雷》法语词典——我们认为诗人对它青睐有加②——就会发现 au delà 被收录为副词词组，当时的拼写没有连字符③。相反地，如果试图查找 par delà 的词条，我们将一无所获：词典并没有把它当作一个合成词，而是

---

① 见《法语语法》，第 80 页。

② 参考查尔斯·沙塞（Charles Chassé），《马拉美导读》（*LesClés de Mallarmé*. Paris：Aubier，1954），第三章。

③ 参考埃米勒·利特雷（Èmile Littré），《法语词典》（*Dictionnaire dela langue française*. Paris：LibrarieHachette et Cie，1878）。

看作两个介词 par 与 delà 的组合，因此将两者分别收录为词条。既然 par delà 没有独立的词条，我们就只能在 delà 的词条下寻找可能的用法。在《利特雷》中，第一个词组被收录为单独的词条而第二个词组则没有词条；但它似乎只是被随机收录，因为 au delà 一栏里引用的伏尔泰的例句里还出现了介词 par delà，距离 au delà 不远①。用法之间的相似之处使它们可以互为参考。

那么，如何计算这两个介词呢？我们是否必须按照《利特雷》列出的用法，把 au delà 算作一个单词而把 par delà 算作两个单词？如果是这样的话，我们就必须遵循以下规则：一方面，把《利特雷》里的单独词条——包括按字母排序收录于词典的合成词（就算没有连字符）——都算作一个单词；另一方面，我们把那些没有连字符但未被字典收录为一个独立词条的合成词算作两个单词。这样一来，计算《骰子一掷》的字数时，我们把 au delà 算作一个单词而把 par delà 算作两个单词。但问题没有那么容易解决：马拉美笔下 au delà 的用法违背了常规语法，但诗人通

---

① "我的房子的花园那头是一池如镜湖水。湖的那头是萨夫瓦地区，萨夫瓦的上头是阿尔卑斯山脉。"（Ma maison qui a le lac en miroir au bout du jardin，et la Savoie par delà ce lac et les Alpes au delà de cette Savoie.）伏尔泰，《给达让塔尔的信》（Lettr. d'Argental），1758 年 1 月 8 日，卷一。

常谨慎地遵守句法规则，因为他把句法当作唯一能够确保"可理解性"（couche d'intelligibilité）的东西。诗人使用 au delà 的方式使得我们弄不明白它的用法：它既不是一个词组（它的结构不是词组），也不是一个名词（它缺限定词）。这难道不是为了隐晦地向《利特雷》的读者暗示，《骰子一掷》里 au delà 与 par delà 一样，都不是一个单词吗？如果这样的话，我们是否应当也把 au delà 算作两个单词？显然，我们也不能通过这个方式搞清楚我们的问题。

退一步看，为什么《利特雷》可能为《骰子一掷》提供规则？难道我们不应该从诗歌的精神出发，把所有被空白隔开的单词算作一个单词，从而从诗歌内部确定一个符合文本逻辑的计算规则吗？既然《骰子一掷》颠覆了分隔空间的空白的作用，我们就不应该只将单词之间的空白考虑入内。

那么，au、delà、par 和 delà 是四个词，而在词典里，这些词都可以独立存在：每个单词都在《利特雷》里存在单独的词条。所以从语法上说，将这些单词从组合中独立出来并不荒谬。所有含有连字符的合成词取消了空白造成的停顿，否决了合成词里两个组成成分的分离，所以可以被算作一个单词。而我们正是采用了这条理所当然的规则算出了 707 这个总数。

让我们厘清现状。考虑到《骰子一掷》的本质，我们认为有某种计算合成词的方式更能说得通。从结构上看，诗歌因为空白对排版的作用，因为诗歌打断散文句与规则诗句的能力而存在。所以，我们可以认为，系统地用两个空格分隔单词是最忠于文本精神的计算方式，因为用这种方式，我们向空白的能力致敬——空白甚至能够打入一个单词内部，只要单词内的两个组成部分具有独立的意义。此外，我们还向"符号的力量"致敬——向这个横线构成的符号致敬：它承前启后的一贯性反抗着吞噬一切的暴风雨，也只有它能够将不相交的单词连为一体。连字符使得一个合成词被算作一个单词。正是从这样的考虑出发，我们将三个合成词——其中两个没有连字符——相加并得到了数字5，而5是获得总数707的必要条件。

可以看到，这是一个经过推理的决定，但这不是必需的决定：规则里的"把戏"足以让我们找到另一个合理并有效的解释。关键之处在于，总字数不再是一种"中性"、非常客观的手段。马拉美往他的诗里掺入了哑音 e 等语言本身的不确定性，这使得格律的计算结果也是不确定的。自由诗让我们选择 e 的发音，选择进行复合元音的分读还是相邻元音的结合，它把我们推向一个最为"和谐"的选择。同样地，《骰子一掷》以一种最为合理的计算方式向我们展示它的格律，只是我们不能确定这种计算方式的必然性，所以也就无法排除其他计算方式的可能性。

我们充分掌握了能够确定唯一数字背后的总机制的细枝末节，这些细节否定了唯一的数字，但同时让它永恒。

我们还有最后一步棋。问题的关键——我们认为它也是诗歌的关键——在于第三个合成词。它在《利特雷》里是第三种情况：它不是一个未被收录的词（par delà），也不是一个被收录但没有连字符的词（au delà），而是一个被收录、带着连字符的词。可以说，它是三个合成词中最"坚实"的一个，这也是为什么不同于其他两种情况我们一直将它算作一个单词。现在我们知道，这第三个单词否定了计算合成词数量规则的单一性。如果这三个词有或者没有连字符，我们便可以对它们采用一致的计数规则：如果它们内部由空格隔开，那么将它们均被算作两个单词；如果它们内部由一短横连接，那么它们均被算作一个单词。但这是不现实的：我们得到 707 的规则是有矛盾的，是由两个不同决定混合的结果，所以它让我们清楚看到了它的"公理"性质（它是确定的，明确的，而不是中性的）。换言之，如果 au delà 与 par delà 在文本中扮演着违反规则（而不是证明规则）的反叛角色，第三个合成词——唯一一个合成词，带有连字符的合成词——则是反叛者中的反叛者。它是少数人中的少数：它威胁着一个体面的整体，加剧了整体的败坏。所以它集中了诗歌全部的利害——假设、无限与加冕礼。

而这个合成词，这个唯一的词，它作为一个特例，用自己的不可决定性使得我们的结果离经叛道。读者们可能已经猜到，它正是：

PEUT-ÊTRE（可能）

Rien n'aura eu lieu que le lieu excepté PEUT-ÊTRE une CONSTELLATION

（什么都不会发生，可能只有一片星云。）

Rien n'aura eu lieu que le lieu excepté par le PEUT-ÊTRE une CONSTELLATION

（什么都不会发生，因为"可能"，还有一片星云。）

这是《骰子一掷》里最"浓缩"的词，因为诗人以"它"为手段，在它身上集合了诗歌所有的文字。所以一个文字本身就足以创造事实。因为马拉美将这个副词写入《骰子一掷》，星辰代表的数字处于不确定的变化之中，而变化是让格律永恒的必要条件。这是"自我述行"（auto-performatif）的一词，自我创造的一词。"可能"的参照物是成为虚构幻影的"诗人",由主人化身的塞壬。被白色淹没的诗人在星空上写下的"可能","可能"是自己的创造者。

最　后

我们现在理解了诗里存在其他众多"符号"的原因。它们主要是动词与后置代词之间足以影响数字的连接符号：existât-il, se chiffrâtil, commençât-il et cessât-il, illuminât-il。从严格的语法角度来看，这些也是"连字符"（trait d'union）。这些例子并没有给我们的计算造成任何困扰（尽管它们被连字符连接了起来，却不能相互融合），它们沐浴在虚拟式的荣光下，无疑是一种对它们的创造者的讽刺——讽刺新生的无限、讽刺"可能"一词的拼写规则创造的绝对的假设性。

读者还会注意到另一种符号，但它只存在于 1897 年的《大都会》版里：一个破折号隔开了"加冕"一词与最后一句话①：

---

①　见 77 页注①。

d'un compte total en formation

veillant
　　doutant
　　　　roulant
　　　　　　brillant et méditant

　　　　　　　　avant de s'arrêter
　　　　à quelque point dernier qui le sacre-

　　　Toute Pensée émet un Coup de Dés

正在执行的求和运算

凝视过
　怀疑过
　　翻滚过
　　　闪光过也思考过

　　　　最终停泊在
　　为它加冕的最后地点——

　　一切思想如同骰子一掷

　　破折号一直是一种标点符号：破折号可以在一段对话中引导问题的答案或者在一句话中充当一种弱化的括号。而连字符完全不属于标点符号：它总在词汇中扮演角色（构成合成词），也在句法（例如 crois-tu、existât-il）和排版中（提示句末换行而造成的单词中断）扮演角色。当马拉美删去了 1898 年版《骰子一掷》全诗的标点符号，他除了《大都市》版里四个括号之外，还系统地舍去了最后的破折号，只留下了词里与句中的连字符。我们明白了他为何对破折号恋恋不舍：1897 年的破折号意味着我们必须另起炉灶，分开计算最后一句话里的 7 个单词，而不是把它们计入之前的 707 个单词之中。在第一部分，我们仔细说明了 1897 年的破折号将诗歌与它的结论切分开来，所以它不应被计入总数之中：如果马拉美把四个括号算入其中（加入破折号之后总数将会变为 708），那么为了得到 707，最后一句当然不该被计入总数；根据我们的猜想，总数应当只计算单词数而不考虑标点符号，即使马拉美在算术时犯了错，最后一句也同样不该被计入总数。换言之，我们确信，破折号无论如何都不会成为总数的一部分。或者准确地说，破折号的用途就是迫使算术结果不是 707。因为这个标点以它书面的形象还能被当作另一个符号："可能"（Peut-être）里的连字符。所以，不管是连字符还是破折号都能篡改"数字"。

因此，我们不能将连字符与破折号混为一谈——只有后者是一种标点符号。但 1897 年的破折号出现在"加冕"一词之后。显然，它只是视觉上借用这种决定诗歌乾坤的连字符：为了赞美这个 Peut-être 内部的符号以及它的无限性，诗人将它从诗歌正文中删去并把它留在了《骰子一掷》的寓意之中，而表达寓意的句子同样不计入总数之中。因此，诗歌的"寓意"——"一切思想如同骰子一掷"（Toute Pensée émet un Coup de Dés）——是"整体"（totalité）的"简化版模型"（modèle réduit）：表达含义（赌局与赌局的结果由隐秘的字数计算而来），给出字数（7 是 707 里的"数"7），并再次赋予引出"寓意"的连字符以表示无限的不确定性（我们是否需要将结论句里"加冕"一词后的破折号计入总数？但那么做的话，我们得到的不再是 7，而是 8）。

然而，为什么马拉美在 1898 年的最终版舍弃了这个破折号？无疑，这是因为这个符号将为诗歌增加太多的不确定因素，并与在标志性文字内部那个必须成为《骰子一掷》不确定因素的唯一符号形成竞争关系。1897 年出现的四个括号给总数添加了不必要的不确定性，而破折号则会进一步模糊总数，降低读者解密的可能性。于是，破折号便消失了。

* * *

读者可能之前不认同《骰子一掷》能被加密，现在则可能抗议我们因为这般琐碎的小事而不能确认密码是什么。

他们可以从两种截然不同的角度进行反驳。

首先，需要肯定的是，我们按照计算文字的规则得到的数字是 707，但他们并不认为马拉美有意依靠连字符微妙的用法而制定一个不确定性原则。读者可以接受第一部分得出的结论（密码），而不能接受第二部分的结论（密码的无限化）。

我们此前进行的论证足以解答这个疑虑。根据三个理由，我们才做出这个决定。（1）马拉美诗学里的不可决定性——《骰子一掷》用大写的 Peut-être 表现出来的不可决定性——使得数字的解密不可能得到一个结果；（2）文本里的加密——塞壬出现的那页，同时也是谈论哑音 e 的页面——不是靠文本或者短暂的混乱；（3）三个合成词混淆了计算结果的事实指出了星座最后的"可能"。

支持我们观点的第三个论据使得我们更好地了解了计算字数而不计算音节数或者其他语言单位的原因。我们在第一部分指出，这个选择完全是随心所欲的；但我们现在知道这个视角有失偏颇。尽管我们出于偶然才能发现唯一的格律的计算单位，但它没有如我们所期望的那样成为一个纯粹的随机事件的标志，而是可以通过"向前回顾"的方式对它做出解释。因为，计算字数指的是通过发挥合成词的不确定性，从而让其中一个合成词——那个总结了它的写作精髓的合成词——成为使密码最终摇摆不定的终极原因。《骰子一掷》的秘密武器可能就在于此：写下"可能"是法语最美的东西，而燃烧的文字正是美之所在。

第二，我们对第一种反对意见的回应反而支持了第二种反对意见。第二种质疑的观点肯定了第一部分和第二部分的结论（707，以及707的不确定之处），但它认为我们不能严肃地质疑这种双重结论的可行性。它否定的不是我们的解读，而是马拉美的写作计划本身：诗人没能成功地让读者摇摆于相信密码存在（相信投掷者的存在）与不相信密码存在（不相信投掷者的存在）之间。在密码解开之前，读者一般认为诗里不存在加密——所以他们不相信密码存在，更何况这是一种以消除痕迹为手段的存在方式。让707摇摆不定的原理，太过明显地依赖于偶然的发生。这是我们刚刚试图证明的。所以我们不能认为没发生特别的动作——诗歌没被加密——因为字数的计算决不会带给我们所需的结果。我们应当折服于自己的论证结果，而不是拜倒在马拉美造成的模糊空间之下。塞壬给我们的一记"耳光"（soufflet）是诗人小心翼翼为我们准备的定心丸。

然而，我们仍会怀疑我们观点的立身之本是否稳固。我们的观点建立于脆弱的基础之上，它一不小心便会打破平衡向某一方倾斜。总之，我们应当把三个合成词当作三个完整的词——而不是单纯地从排版上把合成词拆成五个词——那么"加冕"成了诗的第705个词；此外，就算认可我们的算术程序，我们也必须意识到诗歌的总字数不是707，而是加上了最后一句话之后算得的714。而我们还记得在 1897 年版的《骰子一掷》里，字数只有 703。所以，让我们坚定不移的是这些不知所谓的数字——705、714、703——吗？难道我们没有注意到，只要我们愿意，所有可能的"决定"都指向了一个所谓"准确"的数字并排除平衡木上的其他可能吗？

对数字的执着随着我们微妙的探索而被击溃。如果疑点重重之下，读者从头再次进行检验，将矛盾的理由联系在一起，他们的疑虑便会逐渐瓦解并烟消云散。

所以密码既是脆弱的，也是严密的。它让我们永远在两者之间徘徊不定。读者透过这样的变化而得到了主人的无限性：主人扔出现代诗歌的骰子前犹豫不决；可能存在的数字时隐时现——它本质上既是可被察觉的，也是透明不可见的。唯一的数字遭到了一位女妖的鞭打，鞭子穿过一片白色的怒火，而她在星星的威吓之下消失不见。

结　论

现代（modernité）凯旋，我们对此却一无所知。漫长的十九世纪中，耶稣所受的苦难脱离了基督教救世主降临说，成为一种新生的、摆脱了教条的民间宗教，一种从外部解放旧模式"献身仪式"的解放策略。诗人们（拉马丁、维尼、雨果、奈瓦尔），历史学家们（米什莱、埃德加·基内），哲学家们（费希特、谢林、黑格尔、圣西门、孔德），小说家们（雨果、佐拉），以及我们不知该如何定位的卡尔·马克思所做出的前所未有的努力，将主体引向一个新的方向，一个有别于末世论的前进方向。所有我们伟大的先人传授给我们但本质上已经过时的东西，这些死去的"伟大传说"，它们最好的情况是以过时的形象出现在孤独的追随者心中，最坏的情况是成为文明进步和社会革命过程中阻碍国家的刽子手。这一切都能通过一条康庄大道走向我们，唯一的一条直达通道——唯一一首穿越了二十世纪的诗。它像是埋在地下的种子终于在下个世纪萌芽，像是在一个梦想破灭的时代我们离奇地赢得的一场防御战。

马拉美告诉我们现代给我们带来了一位我们见不着的先知；一位仅存在于假设之中的救世主；一位属于星空的耶稣。他想雕刻一块矛盾却美丽的水晶，它因透明而可见，它影射了塞壬的举动——虽然不可行却是那么具有生命力——因为正是塞壬的动作创造了它，并将不断地创造它。所以诗人可以在自己的虚构故事里，为给每一位从这些零碎的页面中得到了精神升华的读者进行"加冕"。对一位严格意义上的无神论者而言，神不过是自我，那么他们眼中的整体（tout）便是偶然本身。

《骰子一掷》以基督教的方式总结了偶然。它像虚无的水晶①。

它不再是由"存在"组成，而是由"可能"组成。"可能"是思想家与诗人们的第一要务。

这场主体内心的革命让我们与过去的时代对话，而它的焦点便是 1540 年左右法语向希伯来语习得的连字符号。我们应该再次谈谈这个符号。这个符号在马拉美一篇著名的文章中变成了另一个符号，所以它似乎从 1894 年后便有了一个有趣的含义。马拉美后来是这样应用这个简单符号的：

---

① 此处拼写为 Christal，集合了 Christ 与 cristal。——译注

À quoi sert cela – (它有何用处——)

À un jeu. (一个游戏。)

(见《音乐与文学》)

是啊，我向你们展示的符号不是你们当作标点的破折号，它有何用处呢？

译后记

在我看来，《数字与塞壬》的作者甘丹·梅亚苏完成了一项不可能完成的任务，而我只是用另一门语言替他说话。假如梅亚苏是在翻译马拉美的思想，那么，《数字与塞壬》就变成了梅亚苏翻译的手稿，或者说，翻译的草稿。于是，我的翻译行为拥有了特殊的性质，与此同时，我的劳动必须克服一道道障碍。因为我一边试着去传递文字的意义，一边又被文字十分有限的意义困扰着。因为我的面前既有梅亚苏，也有马拉美。当然，根据主流观点，梅亚苏只是给出了自己的解读（décodage），他并不是马拉美的译者。

乔治·斯坦纳在《巴别塔之后》里为语言交流的局限性而焦虑。他认为，翻译说明了当代社会中"理解"的障碍。他把语际与语内的所有障碍笼统地定义为翻译问题。"理解"不仅指代与"不理解"进行抗争的过程，也指代一个具有价值取向的结果："我懂了"。不过，从《骰子一掷》看，我隐约觉得，或许"不理解""不能理解""不被理解"才是翻译活动以及日常生活中的一种常态。我认为，理解的成功与否不是翻译需要解决的问题，也不是翻译能够解决的问题。因为翻译不仅是"理解"这个动作，也暗示了它失败后的结果。对于译者而言，这个过程是极其宝贵的。

正是翻译《数字与塞壬》的过程让我重新思考翻译的可能性。我还向自己提出了几个重要问题，试图将实践与理论统一起来：

第一，翻译的原文是一成不变的吗？

在梅亚苏之前，萨特、布朗肖、德勒兹、朗西埃都试图分析或评论《骰子一掷》。马拉美的"诗歌"虽然不能被复制，更不能被二次出版，但"骰子一掷"创造的可能性始终通过读者延续下去。这是"诗歌"的可能性。于是，这一次，梅亚苏基于自己对"偶然性"（contingences）的理解，创造了《数字与塞壬》。我则戴上了译者的面具，跟随着作者的脚步前进。

我要做的是替梅亚苏说话。然而，这并不容易。身为译者，我必须尊重马拉美的又一名读者——梅亚苏，我必须信任他。信任只是翻译梅亚苏的第一步。翻译梅亚苏的关键在于，思考如何为梅亚苏翻译马拉美。我意识到，我必须认识梅亚苏。通过梅亚苏创造的众多文本和他人对梅亚苏的批评，通过广播节目、视频访谈、书评以及专著，我试图与他对话。为了翻译梅亚苏，"原文"的重要性变得十分模糊，译者的任务变得十分繁重。我就像是梅亚苏分析马拉美一般，借助许多"原文"之外的材料来了解梅亚苏，从而让我面前的文字像梅亚苏一样拥有说话时的面部表情，让"原文"通过这些"副文本"（paratexte）获得其存在的正当性。

第二，如何认识翻译的经验？

此刻，我试图回想 2016 年的夏天，与翻译有关的一幕幕回忆挥之不去。我想，这大概是因为翻译的经历是独一无二且难以忘怀的。在这项活动中，"经历"与"经验"之间并没有高低之分。我将它们视为一个整体，用法语中的 expérience 一词来总结这两个汉语名词，把翻译作为一种让经验流动起来的过程。我拒绝将经历总结为经验，因为我所希望实现的翻译并非固定不变的文本，因为每一次翻译所得的译文是独一无二的。翻译就像是文本的运动，它依赖互文性（intertextualité）运动起来，永无止境；翻译的经验建立于文本之上，它也是流动不息的。更重要的是，由于每一次翻译都不可预测，翻译经验超越了"好""坏"的范畴，变得更加自由。翻译《数字与塞壬》正是如此。马拉美的文本重新定义了空间对于诗歌的意义，诗歌的排版难以捉摸，文字的一词多义频繁出现，这让我的头顶乌云密布，让此前的经验（以及"翻译技巧"）变得一文不值。我必须从零开始摸索。

第三，翻译是一种愉悦的劳动吗？

从过程看，翻译是一种沉重的劳动，苦闷多于愉悦。一方面，思考带来了沉重的负担，我不得不阅读《数字与塞壬》之外的其他材料；另一方面，在处理《数字与塞壬》的文本时，我不得不放慢阅读的脚步，进入翻译的状态，并且重复回忆之前的词句，形成一种并不讨人喜欢的姿态：不断重复。重复不仅是为了完整地理解全文，也是为了让翻译前后一致。然而，在现代电脑技术的帮助下，重复并非体力上的过度劳动，在精神上，我感受到了比体力劳动更加沉重的痛苦。我不停敲打着键盘，有时，我只需要"复制""粘贴"来实现重复的效果。此时，我的双手失去了手工艺人的灵感，我不再握笔写字，而是敲击键盘完成这些沉重的动作；此时，键盘不是我的工具，而是束缚我的枷锁。

不仅如此，"重复劳动"也是翻译活动固有的特征之一。在具体的翻译过程中，重复劳动的需求无处不在。文中反复出现的插入语最能体现"重复"二字的重量："我们已经（注意到……）""我们已经（分析过……）""我们已经（聊起过……）"。我没有选择默默删去这些插入语，而是几乎将它们保留了下来，让汉语中存在一些不受欢迎的"痕迹"。它们不仅体现了作者的说话习惯，也证明了我曾是过度劳动的受害者。

　　总之，我通过翻译活动，提出了许多问题，因为翻译的问题远远不止这些。例如，机器翻译广泛应用于实用翻译领域，衍生出"译后编辑"这一新的职业活动，对译者的角色提出了质疑。译者该如何使用计算机辅助翻译？又如，翻译成为一项越来越常见却越来越不可见的脑力劳动，翻译的痕迹不经意间就从文字的缝隙间溜走，换言之，翻译的日常化并没有提升翻译活动的正当性。

　　尽管如此，每一次翻译依然能够带给读者有趣的故事，我希望《数字与塞壬》的译文也是如此。《数字与塞壬》本身就是一部有趣的作品，书里处处藏有玄机。因为"数字"并非普通数字，"塞壬"并非女妖塞壬。然而，我只是希望，读者能够在我的译文里发现另一番天地。所谓"另一番天地"，并不是指诗歌的美妙或者梅亚苏的智慧，它包括翻译的可能性以及我的不足。

俞俊

2022 年 5 月于上海

附录一：《骰子一掷》及其他诗歌

UN COUP DE DÉS

JAMAIS

QUAND BIEN MÊME LANCÉ DANS DES CIRCONSTANCES
ÉTERNELLES

DU FOND D'UN NAUFRAGE

[II]

SOIT
    que

           l'Abîme

     blanchi
          étale
             furieux
                    sous une inclinaison
                      plane désespérément

                                d'aile

                            la sienne

                                    par

avance retombée d'un mal à dresser le vol
et couvrant les jaillissements
coupant au ras les bonds

très à l'intérieur résume

l'ombre enfouie dans la profondeur par cette voile alternative

jusqu'adapter
à l'envergure

sa béante profondeur en tant que la coque

d'un bâtiment

penché de l'un ou l'autre bord

[III]

LE MAÎTRE

surgi
inférant

de cette conflagration

que se

comme on menace

l'unique Nombre qui ne peut pas

hésite
cadavre par le bras
plutôt
que de jouer
en maniaque chenu
la partie
au nom des flots

un

naufrage cela

hors d'anciens calculs
où la manoeuvre avec l'âge oubliée

jadis il empoignait la barre

à ses pieds
de l'horizon unanime

prépare
s'agite et mêle
au poing qui l'étreindrait
un destin et les vents

être un autre

Esprit
pour le jeter
dans la tempête
en reployer la division et passer fier

écarté du secret qu'il détient

envahit le chef
coule en barbe soumise

direct de l'homme

sans nef
n'importe
où vaine

[IV]

ancestralement à n'ouvrir pas la main
crispée
par delà l'inutile tête

legs en la disparition

à quelqu'un
ambigu

l'ultérieur démon immémorial

ayant
de contrées nulles
induit
le vieillard vers cette conjonction suprême avec la probabilité

celui
son ombre puérile
caressée et polie et rendue et lavée
assouplie par la vague et soustraite
aux durs os perdus entre les ais

né
d'un ébat
la mer par l'aïeul tentant ou l'aïeul contre la mer
une chance oiseuse

Fiançailles

dont
le voile d'illusion rejailli leur hantise
ainsi que le fantôme d'un geste

chancellera
s'affalera

folie

N'ABOLIRA

COMME SI

                    Une insinuation

                        au silence

                dans quelque proche

                        voltige

simple

enroulée avec ironie
                ou
                    le mystère
                                précipité
                                        hurlé

tourbillon d'hilarité et d'horreur

autour du gouffre
                sans le joncher
                            ni fuir

        et en berce le vierge indice

                                    COMME SI

plume solitaire éperdue

sauf

que la rencontre ou l'effleure une toque de minuit
et immobilise
au velours chiffonné par un esclaffement sombre

cette blancheur rigide

dérisoire

en opposition au ciel
trop
pour ne pas marquer
exigüment
quiconque

prince amer de l'écueil

s'en coiffe comme de l'héroïque
irrésistible mais contenu
par sa petite raison virile

en foudre

[VII]

soucieux

     expiatoire et pubère

                             muet

La lucide et seigneuriale aigrette
au front invisible
scintille
puis ombrage
une stature mignonne ténébreuse
en sa torsion de sirène

par d'impatientes squames ultimes

rire

que

SI

de vertige

debout

le temps
de souffleter
bifurquées

un roc

faux manoir
tout de suite
évaporé en brumes

qui imposa
une borne à l'infini

C'ÉTAIT
issu stellaire

CE SERAIT
         pire
                 non
                         davantage ni moins

                                 indifféremment mais autant

LE NOMBRE

EXISTÂT–IL

autrement qu'hallucination éparse d'agonie

COMMENÇÂT–IL ET CESSÂT–IL

sourdant que nié et clos quand apparu

enfin

par quelque profusion répandue en rareté

SE CHIFFRÂT–IL

évidence de la somme pour peu qu'une

ILLUMINÂT–IL

LE HASARD

Choit

 la plume

  rythmique suspens du sinistre

     s'ensevelir

    aux écumes originelles

  naguères d'où sursauta son délire jusqu'à une cime

     flétrie

   par la neutralité identique du gouffre

RIEN

de la mémorable crise
ou se fût
l'évènement

accompli en vue de tout résultat nul
                              humain

                    N'AURA EU LIEU
                 une élévation ordinaire verse l'absence

                                    QUE LE LIEU
        inférieur clapotis quelconque comme pour disperser l'acte vide
                              abruptement qui sinon
                              par son mensonge
                                    eût fondé
                              la perdition

        dans ces parages
                              du vague
                                    en quoi toute réalité se dissout

                                                        [X]

EXCEPTÉ

    à l'altitude

        PEUT–ÊTRE

                aussi loin qu'un endroit

fusionne avec au delà

> hors l'intérêt
> quant à lui signalé
>> en général
selon telle obliquité par telle déclivité
>> de feux

> vers
>> ce doit être
>>> le Septentrion aussi Nord

UNE CONSTELLATION

> froide d'oubli et de désuétude
>> pas tant
>> qu'elle n'énumère
> sur quelque surface vacante et supérieure
>> le heurt successif
>>> sidéralement
> d'un compte total en formation

veillant
> doutant
>> roulant
>>> brillant et méditant

>>> avant de s'arrêter
>> à quelque point dernier qui le sacre

> Toute Pensée émet un Coup de Dés

骰子一掷，不会改变偶然

斯特芳·马拉美

骰子一掷

绝不会

即便需要条件

永恒的

海难的深壑

如
　　果

　　　　　深谷

　　苍白
　　　　平静
　　　　　愤怒

　　　　　　斜坡之下
　　　　　　　绝望地滑翔

　　　　　　　　　　翅膀

　　　　　　　　它的

　　　　　　　　　　　早

已痛苦地跌落
　　　盖住喷涌的
　　　　　抚平跳跃的

　　深深的内心汇集了

　　　影子被另一艘帆船深埋

　　　　直到习惯
　　　　　　翱翔

　　　船身张开血盆大口

　　　　　建筑物

　　　　向一面倾斜

主人

出现
　　　推断

　　　　根据这场骚动

　　　　　伺机

　　　　谁威胁了

　　　唯一数字不可

　　　　　　　　迟疑不决
　　　　　　　手臂僵硬如尸体
不如
　　参加
　　　放任老人的疯狂
　　　　　游戏
　　　　海浪发起的
　　　　　　一束洪流

　　　　　海难

　　　　抛弃了古老的算法
　　　　不知来自何年何月的规则

　　　　　　从前，他紧握舵柄

在他脚下
　　　　　模糊的水平面

而动
　　　　躁动和骚乱
　　　　　　紧握的拳头
谁的命运与狂风

替代

　　　　　　灵魂
　　　　　　　将他抛入
　　　　　　　　　暴风雨中
　　　　　　　　收回连词符，挺起胸膛

因为他藏在心里的秘密

战胜了主人
流动如捋顺的髯须

他本人的海难

　　　　　不见船舶的踪影
　　　　　　　不论何处
　　　　　　　　皆是废墟

自古未曾打开的手掌
　　　　　　肌肉紧收
　　　　　越过无用的脑袋

　　消失的遗产

　　　　　　赠予某位
　　　　　　　　未知的对象

　　　姗姗来迟的远古恶魔

已经
　　　　从虚无的国度
　　　　　　上升
老人发现了与概率有关的最高形式

　　　　　　　　　　恶魔
　　　　　　　　　　　他幼稚的阴影
得到爱护，被人润色，经人创造，被水冲洗
　　　　　　　波浪使它柔软
　　　　　　而它散落于碎木板之间的硬骨上

　　　　　　　　　　　诞生于
　　　　　　　　　　　　一个游戏
大海顺利反抗先人，还是先人成功战胜大海
　　　　　徒劳的尝试

　　　　　　　　　　　　婚契关系
其中
　　　升起的朦胧雾气笼罩着它们
　　　一个动作的幻影未了

　　　　　　　摇摇欲坠
　　　　　　搁浅

　　　　　　　　　疯狂

改变

似乎

一个简单的

寂静

几尺之外

飞过

暗示

被讽刺笼罩
            或者
            奥秘
                  经过沉淀
                        透过咆哮

作为闹剧和灾难的漩涡

环绕深渊周围
            不将之填满
                  也不逃避

            而是探索原始的痕迹

                              似乎

孤零零发狂的羽毛

除非

与一顶午夜的帽子相遇或擦身而过
并固定
被暗笑撕碎的天鹅绒

这片严肃的白色

微不足道

与天空相对
以免
狭义地标记
不知哪位

王子为暗礁所苦

装束似英雄
不可抵抗
却有勇无谋

大怒之中

忧虑的
　　愧疚和青涩的

　　　　　　　　无声的

　　　　　　　明亮的羽毛属于天主
　　　　　　　　它的正面不可见
　　　　闪光
　　　　　阴影随之而来
　　　　美艳的身躯影影绰绰
　　　　　　变为人鱼

　　　　　　　用不安的鳞片

笑声

像

SI

造成晕眩

站立
　　当
　　　拍打
分裂出细小的鳞片

　　　一块岩石

　　伪装为城堡
　　　　突然
　　　　蒸发为雾气

　　　套上了
　　　　　无限的桎梏

这正是
天空的结果

它可能是
更糟
不
多不少

不区别又一视同仁

那个数字

它可能存在
不同于对于苦痛的各种幻想

它可能开始了又停止
一出现就遭到否定，一出现就遭到封锁
最后
以少衬多
它可能得出了计算结果

零星一点就能成为总和的证据
它可能点亮了

偶然

倒下
羽毛
富有节奏但因灾难中断
沉没于
原始的泡沫
它的狂热刚刚跃上山顶
山顶的锋芒
被深谷的中和性磨去

任何

难忘的危机
还是发生了
事件

以一切无用的结果为使命

             人为的

         都不会发生
        寻常的升华填补了消失不见的事物

                只剩地点
          心灵的潺潺流水驱散了空谈
             突然
          借助谎言
           带来了
          海难

在这些海域
        波浪涌动
           所以一切现实化为乌有

[X]

除了

　　　高挂空中的

　　　　　可能

　　　　　　与某地同样遥远

与空白融合

趣味索然
若被发现

通常
通过倾斜

往生的

诗句
这一定是
同样位于北方的小熊星座

一片星云

被人遗忘的昨日的冷漠
比不上
它所列举的
在某片俯视一切的空白画布上
持续的冲撞
像恒星一样
实现正在执行的求和运算

凝视过
怀疑过
翻滚过
闪光过也思考过

最终停泊在
为它加冕的最后地点

一切思想如同骰子一掷

其他诗歌

SALUT[①]

Rien, cette écume, vierge vers
À ne désigner que la coupe;
Telle loin se noie une troupe
De sirènes mainte à l'envers.

Nous naviguons, ô mes divers
Amis, moi déjà sur la poupe
Vous l'avant fastueux qui coupe
Le flot de foudres et d'hivers;

Une ivresse belle m'engage
Sans craindre même son tangage
De porter debout ce salut

Solitude, récif, étoile
À n'importe ce qui valut
Le blanc souci de notre toile.

(共 77 个词)

---

① 《诗》(德芒出版社, 1899), 见《全集卷一》, 第 4 页。

《祝辞》

诗人与友人们相聚。他举起了香槟酒杯，杯里的酒沫
让他回忆起了深海里的塞壬。他的酒杯（verre）正是他在
酒桌前吟诵的诗歌（vers），而白色的桌布仿佛一叶风帆。
诗人们扬帆起航，从今日起庆祝一切危机与胜利。

À la nue accablante...①

À la nue accablante tu

Basse de basalte et de laves

À même les échos esclaves

Par une trompe sans vertu

Quel sépulcral naufrage（tu

Le sais，écume，mais y baves）

Suprême une entre les épaves

Abolit le mât dévêtu

---

① 《诗》，见《全集卷一》，第 44 页。

Ou cela que furibond faute

De quelque perdition haute

Tout l'abîme vain éployé

Dans le si blanc cheveu qui traîne

Avarement aura noyé

Le flanc enfant d'une sirène

（共计 70 个词）

《愁云》

　　沉重的云层蠢蠢欲动，黑似玄武岩，红似火山石。连回声都被吞噬。怎样的海难被软弱无声的号角吞噬了响声？怎样的海难才能与坟墓无异，夺走至高无上的桅杆，让它葬身于碎片之中？只有泡沫能够解答，而你只顾染白灾难发生的地方。难道什么也没有发生？难道愤怒的深渊是一场闹剧？难道泡沫吞噬的不过是塞壬的一只翅膀，一个虚构的故事？

Sonnet en-x[①] (1887)

Ses purs ongles très haut dédiant leur onyx,

L'Angoisse ce minuit, soutient, lampadophore,

Maint rêve vespéral brûlé par le Phénix

Que ne recueille pas de cinéraire amphore

Sur les crédences, au salon vide : nul ptyx,

Aboli bibelot d'inanité sonore,

(Car le Maître est allé puiser des pleurs au Styx

Avec ce seul objet dont le Néant s'honore.)

Mais proche la croisée au nord vacante, un or

Agonise selon peut-être le décor

Des licornes ruant du feu contre une nixe,

Elle, défunte nue en le miroir, encor

Que, dans l'oubli fermé par le cadre, se fixe

De scintillations sitôt le septuor.

(共计 104 个词)

---

① 《几首十四行诗》：见《诗》，《全集卷一》，第 37—38 页。

《以 x 为韵脚的十四行诗》（1887）

　　一个焦躁的夜晚像参与祭礼里一样点亮了闪烁的指甲。每天夜里，诗人的梦想不断重生，尽管空空如也的客厅里再也找不到一座坟墓。没有一个词，不管多么空虚的词，比如"ptyx"，都不能继续回收破灭的梦想，因为主人已经带着虚无造成的最后一阵晕眩泪洒黄泉。然而，客厅向北的窗户上，镶嵌镜子的框架似乎锁住了一缕光线。我们从光线上看到了独角兽的装饰。

附录二：计算字数

《骰子一掷》（1898 年版）单词列表

1	Un	21	l'	41	à
2	Coup	22	Abîme	42	dresser
3	de	23	blanchi	43	le
4	Dés	24	étale	44	vol
5	jamais	25	furieux	45	et
6	quand	26	sous	46	couvrant
7	bien	27	une	47	les
8	même	28	inclinaison	48	jaillissements
9	lancé	29	plane	49	coupant
10	dans	30	désespérément	50	au
11	des	31	d'	51	ras
12	circonstances	32	aile	52	les
13	éternelles	33	la	53	bonds
14	du	34	sienne	54	très
15	fond	35	par	55	à
16	d'	36	avance	56	l'
17	un	37	retombée	57	intérieur
18	naufrage	38	d'	58	résume
19	soit	39	un	59	l'
20	que	40	mal	60	ombre

61	enfouie	83	un	105	oubliée
62	dans	84	bâtiment	106	surgi
63	la	85	penché	107	inférant
64	profondeur	86	de	108	jadis
65	par	87	l'	109	il
66	cette	88	un	110	empoignait
67	voile	89	ou	111	la
68	alternative	90	l'	112	barre
69	jusqu'	91	autre	113	de
70	adapter	92	bord	114	cette
71	à	93	LE	115	conflagration
72	l'	94	MAÎTRE	116	à
73	envergure	95	hors	117	ses
74	sa	96	d'	118	pieds
75	béante	97	anciens	119	de
76	profondeur	98	calculs	120	l'
77	en	99	où	121	horizon
78	tant	100	la	122	unanime
79	que	101	manœuvre	123	que
80	la	102	avec	124	se
81	coque	103	l'	125	prépare
82	d'	104	âge	126	s'

127	agite	149	pas	171	bras
128	et	150	être	172	écarté
129	mêle	151	un	173	du
130	au	152	autre	174	secret
131	poing	153	Esprit	175	qu'
132	qui	154	pour	176	il
133	l'	155	le	177	détient
134	étreindrait	156	jeter	178	plutôt
135	comme	157	dans	179	que
136	on	158	la	180	de
137	menace	159	tempête	181	jouer
138	un	160	en	182	en
139	destin	161	reployer	183	maniaque
140	et	162	la	184	chenu
141	les	163	division	185	la
142	vents	164	et	186	partie
143	l'	165	passer	187	au
144	unique	166	fier	188	nom
145	Nombre	167	hésite	189	des
146	qui	168	cadavre	190	flots
147	ne	169	par	191	un
148	peut	170	le	192	envahit

193	le	215	pas	237	de
194	chef	216	la	238	contrées
195	coule	217	main	239	nulles
196	en	218	crispée	240	induit
197	barbe	219	*par*	241	le
198	soumise	220	*delà*	242	vieillard
199	naufrage	221	l'	243	vers
200	cela	222	inutile	244	cette
201	direct	223	tête	245	conjonction
202	de	224	legs	246	suprême
203	l'	225	en	247	avec
204	homme	226	la	248	la
205	sans	227	disposition	249	probabilité
206	nef	228	à	250	celui
207	n'	229	quelqu'	251	son
208	importe	230	un	252	ombre
209	où	231	ambigu	253	puérile
210	vaine	232	l'	254	caressée
211	ancestralement	233	ultérieur	255	et
212	à	234	démon	256	polie
213	n'	235	immémorial	257	et
214	ouvrir	236	ayant	258	rendue

259	et	281	l'	303	que
260	lavée	282	aïeul	304	le
261	assouplie	283	tentant	305	fantôme
262	par	284	ou	306	d'
263	la	285	l'	307	un
264	vague	286	aïeul	308	geste
265	et	287	contre	309	chancellera
266	soustraite	288	la	310	s'
267	aux	289	mer	311	affalera
268	durs	290	une	312	folie
269	os	291	chance	313	n'
270	perdus	292	oiseuse	314	abolira
271	entre	293	Fiançailles	315	comme
272	les	294	dont	316	si
273	ais	295	le	317	Une
274	né	296	voile	318	insinuation
275	d'	297	d'	319	simple
276	un	298	illusion	320	au
277	ébat	299	rejailli	321	silence
278	la	300	leur	322	enroulée
279	mer	301	hantise	323	avec
280	par	302	ainsi	324	ironie

325	ou	347	fuir	369	minuit
326	le	348	et	370	et
327	mystère	349	en	371	immobilise
328	précipité	350	berce	372	au
329	hurlé	351	le	373	velours
330	dans	352	vierge	374	chiffonné
331	quelque	353	indice	375	par
332	proche	354	comme	376	un
333	tourbillon	355	si	377	esclaffement
334	d'	356	plume	378	sombre
335	hilarité	357	solitaire	379	cette
336	et	358	éperdue	380	blancheur
337	d'	359	sauf	381	rigide
338	horreur	360	que	382	dérisoire
339	voltige	361	la	383	en
340	autour	362	rencontre	384	opposition
341	du	363	ou	385	au
342	gouffre	364	l'	386	ciel
343	sans	365	effleure	387	trop
344	le	366	une	388	pour
345	joncher	367	toque	389	ne
346	ni	368	de	390	pas

391	marquer	413	virile	435	puis
392	exigüment	414	en	436	ombrage
393	quiconque	415	foudre	437	une
394	prince	416	soucieux	438	stature
395	amer	417	expiatoire	439	mignonne
396	de	418	et	440	ténébreuse
397	l'	419	pubère	441	debout
398	écueil	420	muet	442	en
399	s'	421	rire	443	sa
400	en	422	que	444	torsion
401	coiffe	423	si	445	de
402	comme	424	La	446	sirène
403	de	425	lucide	447	le
404	l'	426	et	448	temps
405	héroïque	427	seigneuriale	449	de
406	irrésistible	428	aigrette	450	souffleter
407	mais	429	de	451	par
408	contenu	430	vertige	452	d'
409	par	431	au	453	impatientes
410	sa	432	front	454	squames
411	petite	433	invisible	455	ultimes
412	raison	434	scintille	456	bifurquées

457	un	479	NOMBRE	501	par
458	roc	480	existât —	502	quelque
459	faux	481	il	503	profusion
460	manoir	482	autrement	504	répandue
461	tout	483	qu'	505	en
462	de	484	hallucination	506	rareté
463	suite	485	éparse	507	se
464	évaporé	486	d'	508	chiffrât —
465	en	487	agonie	509	il
466	brumes	488	commençât —	510	évidence
467	qui	489	il	511	de
468	imposa	490	et	512	la
469	une	491	cessât —	513	somme
470	borne	492	il	514	pour
471	à	493	sourdant	515	peu
472	l'	494	que	516	qu'
473	infini	495	nié	517	une
474	c'	496	et	518	illuminât —
475	était	497	clos	519	il
476	issu	498	quand	520	ce
477	stellaire	499	apparu	521	serait
478	LE	500	enfin	522	pire

523	non	545	d'	567	se
524	davantage	546	où	568	fût
525	ni	547	sursauta	569	l'
526	moins	548	son	570	événement
527	indifféremment	549	délire	571	accompli
528	mais	550	jusqu'	572	en
529	autant	551	à	573	vue
530	le	552	une	574	de
531	hasard	553	cime	575	tout
532	Choit	554	flétrie	576	résultat
533	la	555	par	577	nul
534	plume	556	la	578	humain
535	rythmique	557	neutralité	579	n'
536	suspens	558	identique	580	aura
537	du	559	du	581	eu
538	sinistre	560	gouffre	582	lieu
539	s'	561	rien	583	une
540	ensevelir	562	de	584	élévation
541	aux	563	la	585	ordinaire
542	écumes	564	mémorable	586	verse
543	originelles	565	crise	587	l'
544	naguères	566	ou	588	absence

589	que	611	dans	633	avec
590	le	612	ces	634	*au*
591	lieu	613	parages	635	*delà*
592	inférieur	614	du	636	hors
593	clapotis	615	vague	637	l'
594	quelconque	616	en	638	intérêt
595	comme	617	quoi	639	quant
596	pour	618	toute	640	à
597	disperser	619	réalité	641	lui
598	l'	620	se	642	signalé
599	acte	621	dissout	643	en
600	vide	622	excepté	644	général
601	abruptement	623	à	645	selon
602	qui	624	l'	646	telle
603	sinon	625	altitude	647	obliquité
604	par	626	*PEUT-ÊTRE*	648	par
605	son	627	aussi	649	telle
606	mensonge	628	loin	650	déclivité
607	eût	629	qu'	651	de
608	fondé	630	un	652	feux
609	la	631	endroit	653	vers
610	perdition	632	fusionne	654	ce

655	doit	673	n'	691	vaillant
656	être	674	énumère	692	doutant
657	le	675	sur	693	roulant
658	Septentrion	676	quelque	694	brillant
659	aussi	677	surface	695	et
660	Nord	678	vacante	696	méditant
661	une	679	et	697	avant
662	constellation	680	supérieure	698	de
663	froide	681	le	699	s'
664	d'	682	heurt	700	arrêter
665	oubli	683	successif	701	à
666	et	684	sidéralement	702	quelque
667	de	685	d'	703	point
668	désuétude	686	un	704	dernier
669	pas	687	compte	705	qui
670	tant	688	total	706	le
671	qu'	689	en	707	*sacre*
672	elle	690	formation		

1	Toute	4	un	7	Dés
2	Pensée	5	Coup		
3	émet	6	de		

图书在版编目（CIP）数据

数字与塞壬：解读马拉美 / (法)甘丹·梅亚苏著；
俞俊译. -- 武汉：长江文艺出版社，2022.10
（人文科学译丛）
ISBN 978-7-5702-2781-5

Ⅰ. ①数… Ⅱ. ①甘… ②俞… Ⅲ. ①马拉美－诗歌
研究 Ⅳ. ①I565.072

中国版本图书馆 CIP 数据核字(2022)第 123067 号

«LE NOMBRE ET LA SIRENE »
by Quentin MEILLASSOUX
© Librairie Artheme Fayard, 2011
CURRENT TRANSLATION RIGHTS ARRANGED THROUGH DIVAS
INTERNATIONAL, PARIS
巴黎迪法国际版权代理

数字与塞壬：解读马拉美
SHUZI YU SAIREN : JIEDU MALAMEI

策划：阳继波　康志刚

责任编辑：陈欣然　向欣立　　　　　　责任校对：毛季慧

封面设计：天行健设计　　　　　　　　责任印制：邱　莉　王光兴

出版：长江出版传媒　长江文艺出版社

地址：武汉市雄楚大街 268 号　　　　邮编：430070

发行：长江文艺出版社

http://www.cjlap.com

印刷：武汉珞珈山学苑印刷有限公司

开本：787 毫米×1092 毫米　　1/32　　印张：8.875　　插页：1 页

版次：2022 年 10 月第 1 版　　　　2022 年 10 月第 1 次印刷

字数：150 千字

定价：48.00 元
